O filósofo no porta-luvas

Juliano Garcia Pessanha

O filósofo no porta-luvas

todavia

Para Luna
in memoriam

Aqui, o conceito do sintoma é ampliado, para além da dialética da manifestação e defesa, pela tensão ontológica entre apropriação do mundo e fuga do mundo — poderíamos dizer também, pela dimensão dupla de estar-aí e estar ausente dos palcos dos dramas que determinam a vida.

Peter Sloterdijk

O mestre é aquele que cuida do cuidado que o sujeito tem de si mesmo e que, no amor que tem pelo seu discípulo, encontra a possibilidade de cuidar do cuidado que o discípulo tem de si próprio. Amando o rapaz de forma desinteressada, ele é assim o princípio e o modelo do cuidado que o rapaz deve ter de si enquanto sujeito.

Michel Foucault

Quando o existencialismo de desafio se exacerba e ganha a sua forma de variedades, entra em cena o artista-aleijado que se escolheu a si próprio como ser humano autoexibível.

Peter Sloterdijk

1. O guru 11
2. O Judas 29
3. Dois eventos I 47
4. Sob as estrelas 51
5. As palestras 57
6. Dois eventos II 77
7. O concurso 81
8. O filósofo no porta-luvas 87

Agradecimentos e nota do autor 91

I.
O guru

Ele tinha sido um rapaz massacrado. Tudo olhava para ele e ele não olhava para nada. Era trêmulo. Tremia nos pátios da escola e no frio da casa. Os outros resolviam as equações e ele não. Um dia, um guru, um homem diferente, aproximou-se dele com voz suave e lhe disse que o mundo era um exílio, um lugar fechado e asfixiante e que apenas alguns — os mais sensíveis, os lembradores do sagrado — sentiam esta grande dor. Essa dor era, na verdade, o sinal de uma distinção. O homem disse essas palavras de um modo tal que o rapaz massacrado passou a incandescente. A transição durou uns três anos. Ele se encontrava com o *holy man* toda semana e, com o passar do tempo, o jovem outrora cabisbaixo e cheio de diagnósticos psiquiátricos se converteu num orgulhoso self-pneumático. Ele havia descortinado todas as benesses de um self não mundano. Eram muitas as seduções e os alívios de ter negado o mundo e o repertório de imposições e submissões por ele exigidas.

O método do terapeuta gnóstico era muito simples: submeter o rapaz a uma desmundificação radical de modo a enaltecer sua essência e sua melodia como se apenas um deus absconditus o olhasse. O rapaz sentia-se maravilhoso. Pura incandescência poética brilhando feito um vaga-lume nas antíteses do mundo: singularidade — a palavra martelava como um mantra.

A alegria de poder negar tudo que o mantinha cativo era imensa. Ah, as delícias da recusa, a maravilha de não ter mais de corresponder ou se adaptar a uma velha vida na qual ele era o mais incompetente, o menor. Doravante, sua incapacidade para o mundo era apenas o sinal de sua força poética.

A universidade era um desses lugares que oprimia o nosso jovem. Por essa época ele tentava fazer um mestrado em filosofia, mas tinha medo de se apresentar diante de uma banca, pavor de ser desmascarado. Então, o *holy man* lhe disse que não era necessário escrever aquela tese. A tese sobre a queda no mundo e a saída do esquecimento pela recuperação da nadidade em Martin Heidegger já se encontrava escrita no próprio corpo do jovem. Ele não precisava escrever sobre algo que já sabia. E mais: não precisava responder a acadêmicos que só conheciam intelectualmente algo que ele conhecia pela experiência. E mais ainda: pasmem! Escutou da boca do mago que ele já nascera filósofo; a filosofia brotava nele espontaneamente, enquanto os filósofos acadêmicos precisavam de longas sessões de musculação. Ele saía leve dos encontros com o revelador. O júbilo de negar o mundo e de pertencer a uma outra esfera magnífica, mais real que a realidade inteira, colocavam-no em êxtase. O mundo e suas medidas terríveis, seus maciços e corais poluídos, onde ele teve de atracar na ida. Agora, na volta, estava livre. Em certos momentos pode-se dizer que ele bailava, dançava pela avenida Faria Lima. O mesmo corpo que anos atrás vinha da Unicamp comprimido de angústia e descia do carro para abraçar algumas árvores, agora caminhava alado e suspenso pela cidade: ele era do mundo, mas não pertencia a ele. Esta era a melodia central, a música da diferença gnóstica: estar-no-mundo, mas não ser do mundo. O mago tentava apresentar o jovem a ele mesmo, retirando todo o psíquico e o mundano, toda infestação umbrosa da matéria caída. E o que sobrava? Uma pura chegada de celebração. Um olhar deslumbrado de recém-nascido.

Na redescrição do mago, a incompetência do jovem para integrar-se ao mundo era vista como uma distinção poético-teológica. Estávamos diante de um amante do ser, um cuco híbrido, um cantor de fronteiras. Essas novas nomeações tomavam o lugar dos verbetes psicopatológicos e, num passe de mágica, o jovem psiquiatrizado se convertia, ele também, em candidato a *holy man*. E isso não era tudo: a sedução completava-se com a promessa de que a singularidade profética era necessária no mundo e muitos iriam ao encontro de Frederico. A singularidade abriria os caminhos. Ela era o mais real e, acolhida como vocação, faria despedaçar a ilusão social. Estava garantido. O jovem não teria problemas materiais no interior dos mundos monetarizados. Bastava abrir as portas da casa, exercer as artimanhas da revelação e prestar o serviço do ser. O rapaz chegava a estranhar o acúmulo de boas notícias, mas o mestre era tão oracular e categórico — e como desconfiar de alguém que lê entranhas? — que o jovem, na sua grande preguiça do mundo, adiava a questão, deixando-a nas mãos do mestre. Confiava. Sorvia da maravilha de saber que sua singularidade era viável e que o mundo se interessaria por ele. E mais do que isso, ele poderia alcançar autonomia financeira sendo quem é. Melhor evangelho impossível. A boa estrela luzia para ele.

A estratégia do guru, esse gênio da intimidade, consistia em suprimir a psicologia e a ciência e ficar apenas com teologias heterodoxas e ontologia fundamental. Assim, a descrição do self-pneumático omite o desencontro humano que está na base da suspensão e do descolamento dos entes. Em vez de narrar o desastre inter-humano na raiz da fuga do mundo, atesta-se apenas o privilégio de quem recuou. Pouco importa não ter constituído um eu, nem ter havido experiência de sossego: ao desgrudar-se e tomar a direção da fuga do mundo, o pneumático hesita e pressente uma vinda que não chegou. É lançado no tempo messiânico e, de olhos bem abertos, guarda a chance do milagre. Ele é um ser do evento e do extremo, e é isso o que importa. Não vive no interior de uma história biográfica com seu antes e seu depois. Está sempre acabando de chegar. É uma sublevação originária. Frederico bate e topa aí consigo e com o mundo e, nessa chegada incessante, jamais esclarece de onde chega. "Atrás de ti, o vazio", rezava o mantra do mago. O guru acrescentava: "Guarde o não esclarecimento da chegada com um sopro no coração, a respiração retida".

O *holy man* era um grande transvalorador, um especialista em inversões, reversões e paradoxos. Fazia o menos virar mais e, num piscar de olhos, o que era ruim para a vida se tornava excelente num plano mais verdadeiro. No caso de Frederico, seu surgimento contínuo no mundo, tendo por trás o vazio, não era soletrado como uma questão de não haver nenhum registro de relação sexual prévia ao seu nascimento, mas como um caso de lucidez e memória do abismo. Quem disse que o ser humano vem do macaco e do coito? Quem disse que ele nasce do desejo e do amor? Isso é para as massas! Ele vinha direto da fenda, surgia no aí como um enigma. Era uma ilha cuspida por vulcões misteriosos. Estava mais perto de Jesus e de Lao-Tsé do que dos mortais comuns, e, talvez por isso, o guru tenha gostado dele. Esse homem incomum abominava os normalizados e rejeitava os socializados. Seguia deus ao dizer: "Os quentes e os frios são toleráveis, já os mornos, é preciso cuspir". Os loucos, as crianças, os atravessados e os rasgados mereciam boa avaliação, já os adultos intrassistêmicos, reprovação. Por várias vezes o mestre dizia: "Abra a sua casa e selecione os rasgados".

Frederico saía eufórico. Sentia-se reconhecido e com uma missão a cumprir. Outra coisa ainda deixava o nosso jovem perplexo: a descoberta progressiva de que as filosofias por ele estudadas versavam sobre ele mesmo, ou melhor, ele era a própria encarnação das filosofias que admirava. Olhado pelo mestre, ele se revelava uma existência. Era uma existência. Essa descoberta colocava-o na chama da alegria e o jovem se sentia a anos-luz dos seus ex-colegas, os filósofos acadêmicos, pois tinha um mestre, um diretor de consciência e realizava em si mesmo algo que os outros tinham apenas como assunto ou objeto. Se os colegas escolhiam um tema, ele era um destino.

Compreende-se melhor o entusiasmo do nosso jovem pelo seu guru quando se acrescenta a informação de que Frederico havia se decepcionado com a faculdade de filosofia. Já na aula inaugural, um professor disse que quem tinha problemas existenciais deveria ir embora dali. A filosofia não tinha nada a ver com isso. Filosofia era análise de texto. E, embora o professor não tenha dado uma resposta séria à pergunta de uma aluna acerca de Buda, Jesus e Sócrates — os três sem-texto —, aquela aula inaugural prenunciou os anos subsequentes. Neles, Frederico comprovaria que a filosofia já não tinha mais qualquer relação com o anseio por uma vida verdadeira ou por uma transformação de si. O encontro com o *holy man* era excelente, pois o jovem retrocedia aos universos extintos da Antiguidade, onde a filosofia era uma transformação espiritual. Tratava-se agora de abandonar todo o entulho do eu, o que havia sido despejado sobre ele, para deixar emergir quem realmente era: o puro olhar do brilho; o puro nada. A base da terapia residia na distinção entre o que está aí e o que é.

Alguns anos antes de conhecer o guru, Frederico já estudava a obra de Martin Heidegger e, a partir de certo momento, partilhou a leitura de *Ser e tempo* com um amigo chamado Kazuo. Ele era físico e filho de japoneses. Tinha uns vinte anos a mais do que Frederico. Liam o livro renovador da filosofia do século XX e, semanalmente, apanhavam dele ou emitiam suspiros quando compreendiam. Numa dessas vezes, já após uns três anos de leitura, Kazuo disse o seguinte: "Se eu entendo bem o Heidegger, acho que poderei voltar para casa. Vou poder tirar a máscara e respirar. Estou cansado de errar. Trabalhei trinta anos, casei-me e tive filhos. Mas achei sempre tudo estranho. A máscara do mundo nunca chegou a colar. A estranheza me protegia. Eu me preocupo com você. Não sei como vai fazer. Sua feijoada é muito rala. Você não tem repertório para se proteger do mundo e poderia sair andando pelas estradas, mas morreria em poucos dias. As coisas já não são como séculos atrás. Não sei se alguém te acolheria. Eu lutei e adquiri um soro antiofídico. Mas não sei como você vai fazer".

Kazuo tinha nascido no interior do Paraná, numa casa de chão de terra. Tinha onze irmãos e era discriminado na escola por sua ascendência. "Morar ali era uma chuva de canivetes. Um dia fui com meu pai comprar mantimentos numa vila distante. Eu tinha cinco. Nós nos perdemos e andei sozinho por quatro dias e cinco noites. Não me aproximei de nenhuma casa para pedir água. Era tímido. Embrenhei-me na mata. Dormi numa pedra e senti o calor de um animal passar por mim. Na quinta noite um homem me encontrou. Mas quer saber? Aqueles dias foram os mais felizes da minha vida."

O nosso jovem acompanhou a metanoia, a transformação espiritual do Kazuo ao longo da leitura de *Ser e tempo*. Aos poucos ele foi tirando a máscara do animal racional que tanto o esmagava para tornar-se mero portal da iluminação. Kazuo já tinha uns quarenta e oito anos quando decidiu aposentar-se e se retirar. Foi de um sítio em Vargem Grande para outro em Piedade e de Piedade para os arredores de Campos do Jordão. No seu dia a dia, recolhia-se com o sol, depois de arrumar a casa, cozinhar e praticar suas meditações heideggerianas. Escrevia diariamente alguns aforismos que rasgava no dia seguinte. Quando o jovem o visitou em Vargem Grande, teve de levar um novo exemplar de *Ser e tempo*, pois o primeiro já tinha esfarelado. Sentaram-se debaixo de um abacateiro e Kazuo lhe disse que ali a physis o abraçava. Em Piedade escutaram CDs de flautas peruanas e ficaram olhando o trabalho das formigas. Kazuo era físico, conhecia as equações de Einstein e tinha trabalhado mais de vinte anos em colorimetria numa empresa transnacional. Com capital acumulado, podia se retirar. Como sua vida era frugal e sua mulher receberia uma herança, ele estava garantido. Acordava sempre com o sol e caminhava com seu cão. Gostava de sentir o frio beijar-lhe o rosto nos dias de inverno. Na terceira visita do jovem, o exemplar do curso *Heráclito*, de

1943, tinha esfarelado também. Foi dessa vez que Frederico escutou Kazuo dizer que gostaria de ter visto o mar no tempo de Hesíodo. Queria ter vivido quando as coisas estavam repletas de deuses. Queria ter saudado a deusa do amanhecer.

A transformação espiritual do Kazuo ganhou uma concreção explícita. Deixou de trabalhar, de "militar no interior da metafísica", como ele gostava de dizer, e mudou-se para cidades pequenas, onde vivia como um desaparecido. Fazia sua própria comida, mantinha uma horta e tinha deixado de pagar o seguro-saúde. Certa vez, num laboratório em Sorocaba, Kazuo lançou sua senha no lixo e voltou para casa. "De repente, senti saudades do meu quartinho. Pensei: 'Eu posso a morte como morte'. Sou o mortal! Não vou seguir investigando e negociando longevidade." A transformação kazuoana foi tão forte que, ao decidir parar de trabalhar e arrancar de vez a máscara do animal racional, despediu-se até mesmo dos filhos. "O personagem pai vai sair para um longo cruzeiro. Você quer me conhecer de verdade? Eu sou um sopro."

Já a transformação do nosso jovem não encontrava nenhuma concreção, lugar ou guarida institucional. Ele continuava a viver como um aposentado prematuro. Dependia financeiramente da mãe e tudo o que pôde fazer foi beber menos, escrever sobre a transvaloração de sua impotência no mundo e trabalhar de voluntário num Centro de Atenção Psicossocial. Ali no Caps decorreram bons tempos de oficina de escrita. Leituras de Melville e Dostoiévski com o latifundiário das almas, o pai-de-deus, o Kalazans, que dirigia caminhões de carga pesada no Iraque, o Lourival e a Odete. Muitos passaram por ali, até mesmo alguns motoristas de táxi que transportavam o jovem nas tardes de terças-feiras com as suas xérox.

"Hoje de manhã eu escutei no rádio: você é luz. Eu acordei de ressaca e escutei isso. Eu olhei para o meu abajur fedido e pensei: porra, caralho, eu sou luz! Eu amo demais a minha mulher."

"A gente chegou. É ali. Quer ver como é o nosso grupo de leitura?"

Esse taxista, um ex-carcereiro, participou das oficinas por um semestre. Decorou páginas inteiras dos cantos de Lautréamont. E quando ele as recitava, os participantes ficavam de pé. Gregório, o pai-de-deus, era um poeta. E uma estagiária, a garota grand-prix, estava transcrevendo os poemas dele para compor um livro. Frederico já tinha escrito o prefácio. A ideia era um prefaciar o outro, revelando o lugar de onde falavam. O umbigo de cada singularidade. A singularidade era mais forte que o mundo e era necessário trazê-la para a luz. Os prefácios mútuos valiam como reconhecimento da musicalidade de cada um. Música que devia ser tocada no mundo; um dia ele seria uma democracia ontológica. O jovem imitava o seu guru e via-se como o morto, o lugar vazio que acolhia a todos. Sempre enaltecendo as virtudes do recuo e do vazio, o *holy man* era um mestre do amor quinótico. Alguém que existia para dar lugar ao outro. O jovem também devia ficar feliz de não ter mãos para o mundo. Naquela altura ele não tinha entendido que era nadificado, não por causa de uma visitação do ser, mas porque ele tinha existido como apêndice de sua mãe. O *holy man* trabalhava apenas com as vantagens místicas do sujeito-zero: o jovem era filho da fenda e ponto-final. Não se falava da filiação do macaco, da base macacal do jovem, nem de que seus genitores não estavam presentes um para o outro no dia do coito e sempre. Frederico sentia-se infinitamente reconhecido quando o mestre testemunhava a fenda. Sentia que alguém o enxergava de verdade.

Fazer essa reviravolta teológico-apofática para animar corretamente o nosso jovem foi um golpe de mestre do mestre. Num único lance, o terapeuta conseguia puxar um fio da experiência do seu paciente, renomeando-a e tirando-a do âmbito da psicopatologia.

"Você é um cuco! Mora na linha do horizonte."

"Está sempre rasgado e mesmo estando no mundo não pertence a ele. Você não se estabiliza numa identidade mundana: está em trânsito e existe como desencobrimento e chegada permanente."

Frases como essas deixavam o jovem na incredulidade do êxtase. Ele se sentia assustado de ser tantas coisas e receber nomes tão poéticos. Estava acostumado a receber apenas nomes psiquiátricos e penais e, desde os dez meses de idade, já se encontrava patologizado por um genitor que o considerava louco. Por isso o rebatismo transvalorador foi uma ação excelente do *holy man*. Ele cantou a canção do jovem. Este entrou em ressonância com o mestre e o chamou de divino. Não há dúvida de que Frederico precisava das longas simbioses e transfusões. Era raquítico de ser. Um xifópago da mãe.

O mestre puxava o fio de algo que existia nele. Ele carregava alguma coisa: o vazio e a angústia; a interpelação da fenda e da morte eram a sua pátria. Se para os homens comuns a morte está sempre distante, para os sem-pele e sem-parede, a morte era constante. Era um mistério ele não ter enlouquecido. Bastava manter a falha acesa e o vazio amigado para tornar-se um místico ou um poeta. Esse mantra foi a canção da chegada do jovem, suas boas-vindas. Ele estabeleceu a câmara dual do narcisismo originário. O mestre enaltecia a beleza de ser mero espelho do mundo. A maravilha de ser destinado a guardar o clarão estrangeiro numa época em que ele estava esquecido. Frederico era um eleito; nascia e encorpava. A visitação do mestre, seu sopro pneumático, preenchiam o jovem com uma notícia que concordava intimamente com ele. Pela primeira vez a fraude era interrompida. Os gases venenosos e alheios estavam suspensos. O sopro era uma violação benéfica e o jovem descobria que existia. Percebia em si mesmo a diferença entre o que estava nele na condição de habitantes exógenos e infecciosos e o sopro psíquico coincidente, a visita animadora, quem ele era de verdade. Tinha plena consciência de estar nascendo e agradecia ao *holy man* pelo mimo certeiro, o cuidado correto. Como nos programas de TV, em que um apresentador pergunta "qual é a música?" e o cantor adivinha com apenas uma ou duas notas qual ela é, o mestre havia adivinhado em pouco tempo a musicalidade do jovem. No início, nas frequências da mônada inicial, está sempre a música e a voz. Sloterdijk diz que quem comanda o devir-sujeito são as sereias, e o jovem experimentou a seriedade desse teorema no canto potente de sua sereia-mestre. De sua boca fluía o leite que ocupava as entranhas do jovem. Ele vertebralizava. Ganhava alma e companhia. O mestre acampava nele junto a espíritos benevolentes. Os sócios se aglutinavam. O que mais surpreendeu Frederico foi notar que ele carregava uma verdade. Havia, de algum modo, um acontecimento prévio, na província infantil, que ele desconhecia. Aquilo que a canção da sereia ressoava era um isto, um tema que coincidia com ele mesmo. Se o mestre encontrava a melodia é porque Frederico a emitia e a criação se dava em cima de algo existente; não era arbitrária. Sem dúvida o mestre devia ser um poliglota musical, capaz de sintonizar emissões muito diferentes, mas o mais espantoso era descobrir que Frederico proferia alguma musicalidade própria.

Havia então uma mostração fenomenológica mínima. Ele não era aleatório; algo havia acontecido e algo havia sido feito dele. As teorias podiam descrever isso, mas este isso, prévio a elas, assegurava que elas não criavam o homem, não eram inteiramente performativas. Existia portanto uma verdade na psicanálise e na fenomenologia. Essa era uma discussão filosófica que ele mantinha com o mestre. Para o último, mamão era mamão e a coisa mesma era a coisa mesma. O mestre era um ajoelhado para as coisas e um serviçal dos outros, enquanto para Frederico as coisas já não eram mais as mesmas na era da técnica, e a história era o equivalente da máquina de influenciar esquizofrênicos de Victor Tausk: ela fazia e desfazia, criava o homem assim ou assado e o descriava também. A psicanálise, herdeira da verdade interior cristã, não passava de um discurso performativo bem localizado. Essa tese foucaultiana dirigida contra a verdade do sujeito dos psicanalistas era defendida pelo jovem com unhas e dentes, mesmo lhe causando angústia. "A história é uma máquina de produzir sujeições e fisionomias do alheio. Seria necessário entender todas as épocas, o regime que vigora no interior de cada uma, para tentar escapar do feitiço. Escapar da determinação heterônoma."

O mestre sorria. Sabia que a musicalidade simbiótica daria ao jovem a chave da autonomia e o sentimento de ser real. Mesmo porque a música não era qualquer música. Era comum; não havia despencado sobre ele. Não era estrangeira, mas portadora de uma notícia acontecida nele.

Na simbiose com o mestre, imerso no canto da sereia, seguia o devir-sujeito do nosso jovem. Os anos terríveis das grandes bebedeiras, internações e assaltos à vodca tinham passado. Bastavam a grande teta do mestre e o fruir da experiência do mantra comum. A música do "eu sou", embora no caso de Frederico o mantra dissesse: "eu sou aquele que não é", pois era essa a verdade do que tinha sido feito dele. Nessa altura, o Kazuo já tinha se aposentado e se mudado para Vargem Grande. O jovem omitia a existência de seu *holy man* e dos cantos singularizantes da sereia. Kazuo teria achado ridículo recorrer a terapeutas. Estava então numa pequena chácara guardando o mundo, como gostava de dizer, e acompanhando a devastação moderna pelas notícias da televisão. Para ele, o relógio do fim do mundo já estava prestes a zerar e, com a China e a Índia a se modernizarem, seriam necessários quatro ou cinco planetas Terra para abastecer o consumo da "nuvem de gafanhotos" e da "macacada enlouquecida", termos usados por ele para designar a humanidade na era do acabamento da metafísica. Kazuo lia todo dia os textos do Heidegger e corrigia as traduções mesmo não sabendo alemão. O jovem ria quando escutava isso e Kazuo, passando a mão no braço, dizia: "Heidegger está na minha pele".

Por essa época Kazuo começou a ler Chuang Tzu e Lao-Tsé. Ele era indignado com qualquer espécie de infinitismo. Um dia apareceu em sua casa um crente, um vendedor de bíblias, e Kazuo lhe disse que teria simpatia pelo cristo mortal e que o fato de ele, cristo, dizer que não era deste mundo não significava que havia um outro. "Foi a macacada que inventou isso." O vendedor saiu assustado quando Kazuo disse ser um guardião. "Enquanto eu existir, o mundo permanecerá real", repetia. Tinha muito afiada a navalha finitista, mas na maioria das vezes os metafísicos não entendiam nada do que ele dizia. "Sabe, Frederico, eu conquistei este lugar ôntico para guardar o clarão e ver a devastação. Foi-me dado viver na era do acabamento. Mas e você? Como é que você vai fazer? Como vai poder guardar o sagrado? Como vai viver sabendo o que sabemos? Você precisa de um lugar."

Kazuo preocupava-se com o futuro do jovem, que àquela altura já nem era mais tão jovem assim. Já o *holy man* não se cansava de garantir ao já não tão jovem que a vida material não seria um problema. Importava o real da vocação e não o simulacro-mundo. A vocação sempre floresce. E o nosso homem já de meia-idade encostava-se no oráculo da Vila Madalena. Como já foi dito, suas atividades resumiam-se a oficinas de leitura e escrita do Caps e a um grupo de estudos de Nietzsche com dois participantes. E nenhuma dessas duas atividades era remunerada. Já haviam se passado seis anos do encontro com o mestre e o homem de meia-idade ainda vivia pendurado no dinheiro da mãe. Os dois participantes do grupo de Zaratustra eram da periferia, vinham de longe para estudar o além-homem e algumas vezes colocavam uns vinte ou trinta reais na caixinha deixada por Frederico. "Abra a casa e uma caixa de madeira no final dos encontros", tinha dito o mestre.

Quanto ao Caps da rua Basileu, os encontros seguiam exuberantes, e o nosso homem de mais de quarenta anos gastava o dinheiro dado pela mãe em transcrições, xérox e edições dos livros dos participantes. O *holy man* não era pago. Só no quarto ou quinto ano ele começou a receber das mãos do jovem um valor simbólico, estipulado pelo próprio discípulo. O mantra segundo o qual a vidência e o real eram muito mais fortes que o semblante e a máscara social havia fertilizado no jovem e ele se sentia imunizado. Vivia numa quase onipotência de eleito; era um sábio, um pequeno buda, e tudo para ele estava compreendido. O problema é que, quanto mais ele se sentia assim, mais flácido e laxativo se tornava em relação ao mundo efetivo. Diante de qualquer chamado do mundo, o mestre lhe oferecia um tapa-ouvidos e um imenso travesseiro antialérgico. Em vez da sua incorporação e subjetivação caminharem para o lado da apropriação do mundo e da expansão, ele definhava cada vez mais pela falta de mundo. Sem pôr-se à prova e sem encontrar alguma continuidade para a sua singularidade, Frederico era reduzido a uma existência de consultório. Enquanto a metanoia de seu amigo Kazuo ocasionou uma transformação real na sua forma de vida, a metanoia do jovem o converteu num aposentado prematuro, um indolente. O nosso pretenso sábio finitizado não precisava estudar nada. A filosofia acadêmica não era para ele. "De que vale conhecer a letra? Você habita a posição. Estudar a finitude é para os que não a vivem."

Tudo ia cair do céu para o "anfíbio da fronteira". As ressonâncias iriam aparecer para aquele que "guardava a orfandade e a súplica". Ah, as promessas da sereia! Ah, o canto enlouquecido! Anos depois, o já homem velho iria lamentar os onze ou doze anos desperdiçados junto a um mestre que amava o recuo e a fuga do mundo. Um mestre magoado com o ente e infeliz no corpo. O Kazuo também amava o recuo. Mas ele ao menos tinha conquistado as condições materiais para recuar. Ele conhecia o idioma do mundo e sabia que o jovem não estava protegido. O *holy man* também tinha feito o caminho do mundo. Era um terapeuta conhecido e uma referência para muitos dentro e fora da universidade. Só depois dos quarenta, quando estava com o crédito garantido e o doutorado pendurado na porta, decidiu sair do armário e mostrar a jubilosa face negativa. Muito estranho que ele não indicasse para o jovem o caminho possível.

De nada vale uma singularidade se não há mundo para ela. Um esquimó que enxerga vários tipos de branco depende do polo gelado para existir. Ele não pode existir como esquimó no Rio de Janeiro, mesmo que as praias cariocas tenham inúmeros tons da cor da areia. Um jovem profeta também vai soçobrar se não estiver mergulhado na cultura da velha Jerusalém ou da Grécia arcaica. Assim, o nosso jovem profeta-filósofo era filósofo-profeta apenas entre as quatro paredes do consultório do seu guru. Ali, no interior daquela barca de sereias cantantes, ele podia ser qualquer delírio, mas logo que saía, sem ter muito que fazer, vagava por ruas e shopping centers. Justo o jovem, que havia desvendado a história como uma máquina de controlar esquizofrênicos e que havia transcendido a determinação histórica com a pureza do seu ser nadificado, justamente ele, vivia, na verdade, como um consumidor final e encarnava o ápice da figura historial de seu tempo. Sem um lugar para efetuar seu profetismo ou uma instituição para filosofar, vivia como se fosse o único e a sua propriedade.

O jovem demorou muito para notar essa contradição e sair de dentro da narrativa fabricada com o mestre. Demorou demais para que o mundo e o dinheiro quebrassem a esfera encantada.

A queda e a história do nivelamento de um ex-jovem é a que é contada aqui. E, se decidi narrá-la, é porque a considero em si mesma reveladora de fenômenos epocais e digna de ser passada adiante. Ela tem interesse filosófico na medida em que desenha certa fisionomia do mundo e um interesse psicológico, pois narra uma transição esferológica malsucedida. É óbvio que se o nosso rapaz não estivesse sustentado pelo deus dinheiro, ele estaria no Caps junto com seus amigos de subsolo. Estaria com o Gregório na favela do Capelinha ou na rua com o Lourival. Havia ali muitos sofredores, mas somente ele era um sofredor e crítico revolucionário do *way of life* da classe média ocidental. Pelo menos três bilhões de pessoas viviam desse modo e mais uns quatro bilhões gostariam de viver na zona de conforto. Mas ele e o *holy man* desprezavam esses bilhões de incluídos. O guru acreditava que o homem normalizado havia esquecido a dor e trocado sua essência pelo amor de si e pelo consumo. Para ele, essa troca era terrível e cabia a Frederico denunciá-la. Embora a forma de vida do jovem coincidisse exteriormente com a vida mansa dos privilegiados usuários do grande palácio, ele se distinguia pelo sofrimento. Os usuários evitavam a dor enquanto o jovem habitava a própria fenda e não se esquecia da morte por um só segundo. Era lúcido. Para o guru não havia contradição; ele amava o paradoxo. O paradoxo perdoa tudo e permite tudo. Na lógica paradoxal do mestre, Jesus poderia ter tido um harém e uma mansão e ainda assim seguiria sendo Jesus. Para o guru, o jovem conhecia por experiência até onde poderiam chegar o esquecimento do ser e o mero desejo do conforto. Ele podia delatar isso; era um anunciador. Na condição de amante do ser, era alguém da família do personagem do filme *Teorema*, de Pasolini: estava autorizado a revelar o self verdadeiro e fazer cair o falso. E o self verdadeiro era o negativo. Os negativados, os sem mais nenhuma identificação com o mundo contemporâneo, constituíam a vanguarda. Eles sabiam que algo diferente se abriria. No mantra do mestre, este era o lugar real do oficineiro do Caps da rua Basileu. Esta era sua vocação: chamar os homens para a desmedida do exterior. Conduzi-los ao interior do evento. Ali, onde novas métricas instituintes podem se dar. Entretanto, nas caminhadas de Frederico pela Paulista junto com o Gregório e o Lourival, parecia ficar claro que a revolução não era iminente. E mesmo no interior do Caps da rua Basileu sua sublevação fracassou. A ideia de que os psiquiatras e os psicanalistas ficariam humilhados pela beleza da singularidade dos pacientes não se confirmou na prática. Ele explicou várias vezes ao corpo de terapeutas quem era o pai-de-deus e qual sua posição ontológica, mas eles não deixaram de tratá-lo do modo como tratavam qualquer paciente.

"Pai-de-deus? Esse cara é megalômano."

"Não é megalomania. O pai-de-deus não tem as costas quentes. É desfiliado. É um caramujo sem casa. Vive na exaltação do olhar do raio. Gregório é uma trombeta ígnea: cuspiu o leite materno e não criou o mundo. A janela dele é aberta demais e tudo o que ele pode fazer é colher a inicialidade. Ele é um poeta. Você não entende? Precisa escutar o que ele diz. O poema é um presente do recuo."

"Ah, Frederico. Não exagera, caralho. Não vem tirar uma de jovem Foucault aqui com a gente."

Certa vez, num evento em Pinheiros, Frederico tentou vender o livro do pai-de-deus. Três ou quatro mil pessoas passaram diante do autor e do prefaciador, mas apenas uma levou o livro. Gregório recitava para ninguém ou para pessoas que davam risada.

O guru omitia do jovem a existência do self verdadeiro positivo. Frederico achava fácil deslocar os homens até o nada. Mas isso era um equívoco. Quem está constituído ressoa seus aliados em orquestras específicas. É seletivo. Quem é feito de samba não quer saber de valsa. O egoísmo é saudável, e é necessário excluir muita coisa para lograr-se como ser humano. A abertura ilimitada é para os místicos e os loucos.

O reconhecimento da existência do self positivado coincidido furava o sistema do jovem, assentado que estava na ideia de que havia, por um lado a nadidade e, por outro, a submissão à máquina de enunciar esquizofrênicos alienados. Mas a queda de Frederico no mundo não foi o resultado dessa questão teórica. Já há algum tempo ele começara a desconfiar da semântica gnóstica do mestre. Estava exausto de tanto recuar e negar. Já não suportava a palavra "singularidade", e o poeta do originário, o homem da abertura ilimitada, começou a aparecer-lhe mais sob a forma de um gorilinha psicótico que não usufrui das benesses da cultura. A cultura existe para fechar e limitar o índice ansiogênico da abertura. "Nada de abertura muito grande", diz a cultura. "Vamos regular e regrar para diminuir o estresse."

2.
O Judas

Frederico começou a virar casaca e mudar de deus. Eis o dia D dessa conversão: as goteiras caíam pela casa inteira, inclusive sobre sua cama. Ele se levantou por causa dos barulhos e deparou-se com um rato gordo no meio de suas panelas. Naquele momento, o pastor do ser iniciou sua evolução para óbito. Em vez de saudar o pequeno ente na clareira e colhê-lo na linguagem, o nômade de-subjetivado lutou por seu território. Ele e o rato se olharam nos olhos dezenas de vezes. Em muitas delas ele não sabia quem era o rato e quem era ele. Foram três horas de perseguição e luta. Ele chorava e gritava. Tinha compaixão pelo rato e identificava-se com a sua posição. Na sequência da luta, como o rato não ia embora, a coisa virou questão de vida ou morte. Frederico gritava para que a agressividade aflorasse nele. Se G.H. entrou num transe canibalístico com a barata, Frederico lutou pela saída do transe místico. Naquele dia, o bonachão, o pupilo simbiótico, o revelador das gentes bateu as botas. Ele virou normal. Não era mais o guardião. Era o traidor da vocação e do mestre.

O guru não acompanhou sua metanoia para baixo. Não havia corte. O disco do mago não mudava. Ele não tinha repertório para descer nem ferramentas agressivas para usar. Ele só sabia subir ou nadificar. O jovem não podia dizer: "Eu sou isto, caralho. E você é esta merda diferente, porra. Essas coisas todas não me servem de nada e só me deixam confuso. Essa ladainha vai permitir que o mundo me esmague de vez".

Mas como brigar com alguém que só fala o idioma das simbioses? Um nadificado é um concordino que espelha sua música, um complementador placentário. Você é reautorizado por ele e não sai do lugar. Conforme você vira gente, já não sabe o que fazer com você. Ele não pode ajudá-lo a seguir os caminhos do mundo. A especialidade dele é a conexão de ressonância, o acompanhamento no canto do reconhecer.

O jovem agora velho tremia de medo do mundo. Voltava a ser trêmulo como nos pátios da escola. Ele estava com mais de cinquenta anos e só tinha um aluno. Onde estava a boa estrela anunciada pelo mestre? Onde estavam os ouvintes? Pura fraude. Foi o empobrecimento que o despertou da suspensão. Era necessário constituir um self mundano com garras e competência para não terminar mal. O velho precisava de uma prótese fálica. A plataforma do eu produzida com o guru não funcionava no mundo. O guru era rico, o Kazuo era aposentado. Mas e ele? Como faria para se defender? Tinha de fugir logo daquela redoma-consultório. Se o *holy man* tentasse agora espelhar a língua do mundo, soaria ridículo demais. Como ajudar alguém a migrar para o lado de dentro do mundo se tudo o que você faz é fugir e andar para trás como um caranguejo? "O mundo é sinistro e cristo descansava a cabeça sobre a pedra", dizia o mestre ao jovem quando este ficava paranoico em laboratórios para se submeter a exames de sangue. Como dizer agora que o mundo era o lugar? O *holy* aguardava o dia de entregar-se ao abraço da imensidão negativa. Queria recolher-se no último aposento de deus. E o ex-jovem ambicionava profissão, salário, competência e rotina. Queria o mundo. Era um amoroso. Queria a modernidade. Mas ele já tinha mais de cinquenta. Era tarde para acordar. Tinha que ter enfiado a singularidade no bolso muito antes. Quando chegava com ela à mostra e o epitáfio pendurado no pescoço, as pessoas não gostavam. Na qualificação do seu doutorado, ele ouviu:

"Você tem que fazer de outro jeito. Aqui não pode trazer isso."

"Não pode a singularidade? É só no consultório? O Kierkegaard, o Nietzsche e o Chestov, é só para explicá-los?"

"Sim. Sim. Aqui não pode. A singularidade é só no consultório. Ninguém quer saber de você. Dê palavra ao autor."

Ele gostaria de ter contado aquilo para o mestre. Este diria: "Você não achou o aliado certo."

"Você não entende. Ali não tem aliado. A regra é outra. Em que mundo você vive?"

Um ano após ter fugido do mestre, Frederico empobrecia. O dinheiro resultante da morte da mãe minguara. Ele tinha se casado e dividia o táxi com o cunhado. Três vezes por semana as corridas eram dele. Foi na condição de taxista que ele revisitou o Caps Basileu. Soube que o Lourival tinha se jogado do vão do Masp e que o Gregório não estava bem. Outros dois participantes de sua oficina também estavam mortos. O psiquiatra do Caps disse: "Apareça um dia para dar uma palestra e contar sua experiência aqui". Ele disse que sim. Que voltaria.

Ele guiava o carro, mas a ansiedade e o medo do mundo o trituravam. Ter fugido do guru era não estar mais no parque temático da singularidade, mas na vida real. E na vida social-real ele não era ninguém. Não tinha especialidade nem havia desenvolvido competência. Ele se comparava a uma amiga que, depois de vinte anos de mimos numa comunidade budista na Holanda, voltara ao Brasil e teria ido parar na rua não fosse a intervenção generosa de uma colega. A verdade é que Frederico tinha passado tempo demais com o guru. O termo "vocação" o paralisava. Deixava-o detido. Ele vivera na mania profética e agora tudo estava vazio. Foi da onipotência para a impotência. Os anos no colo e na teta do guru tinham transformado Frederico num indolente.

Agora cabia a ele guiar o táxi. Suava de olhos no taxímetro. Começou a sentir dor de angina, mas achava que era um problema gástrico. Ficou seis meses com aquela dor até que infartou. Recebeu dois stents e um monte de efeitos colaterais.

A falta de ar tornou-se crônica e o IgE bateu os três mil. O velho pastor do ser carregava próteses dentro de si. O seu bios misturado com a máquina e ele correndo atrás do dinheiro para pagar os remédios. Guiava. Sua mulher quase não suportou os berros e os uivos de frustração: o ex-dasein, o homem sustentado pelo ser, não passava agora de um animal *laborans*, em puro terror com sua base macacal. Ele, que criticara o mundo nos recuos da negatividade, era agora apenas um pontinho esmagado no seu interior. O homem epocal, o abridor de novas possibilidades era, na verdade, um intrassistêmico e sua luta, com a água no pescoço, era para não descer demais. Perder os amparos de classe média significava limitação. Estar doente e permanecer jogado na mesma cama. Não poder ir a lugar nenhum. Zero acesso. Ele agora tinha sessenta. Tinha deixado doze currículos em faculdades e nada. Dois concursos em federais. Mas quem contrataria um terceira idade que devia estar se aposentando? A conformação do mundo, a efetividade, esmagava a ladainha do mestre acerca da vocação a se espraiar pelo mundo. O rapaz antropologicamente diferenciado tinha virado groselha. Seu romantismo da recusa tinha ido longe demais.

Quando Frederico descia sua rua, encontrava sempre um cara que dormia ao lado da moto. Era só ele e a moto. Dormia debaixo do ponto de táxi de capacete na cabeça. Não tinha teto nem ninguém. Frederico sabia que não poderia perder a boca do táxi nem ficar doente demais. Tinha que ter um mínimo de corpo para fazer o taxímetro girar. Nos dias sem táxi, ele tinha conseguido algumas pessoas para estudar Arendt e Sloterdijk. Isso lhe dava mais uns oitocentos reais e ele podia avançar na compreensão da Arendt.

No táxi ele levava sempre alguma obra do Dilthey. Na juventude, quando começou a se interessar por filosofia, Frederico tinha lido dois volumes do Dilthey, um em francês e outro em espanhol. Ele chegou a sonhar diversas vezes que conversava com o Dilthey. Aquela obra era a sua paixão, mas ele queria lê-la em alemão. Por isso havia sempre um livro do Dilthey no táxi. Às sextas-feiras ele levava um advogado até o fórum de Santos e, enquanto o aguardava, lia na orla duas páginas no original. Respirava a maresia. Ele amava o mar e a obra do Dilthey. Era absurda a tese do guru de que ele era um poeta do dizer profético. Ele jamais tinha pensado em ser poeta. Não trocava a obra de Dilthey pela de nenhum poeta. Dilthey era o melhor autor para compreender a dissolução do idealismo alemão. Ele acolhia a paixão hegeliana da historicidade sem a narrativa metafísica do progresso. O vivo de Hegel, para falar como Croce, era Dilthey. Havia até uma foto do Dilthey que ele colocava no vão do porta-luvas. No ponto em que parava, os colegas zoavam: tinha o roqueiro da Pajero e o filósofo do Space Fox. Ele era o filósofo. "De quem é essa foto que você carrega, caralho? Filósofo? Que merda é essa?"

Os taxistas não sabiam que, quando ele era jovem, costumava brincar de ser-táxi nas madrugadas. Parava nos pontos de ônibus, descia do carro e fazia discursos contra o individualismo nas cidades modernas. O carro enchia. Ele entabulava as conversas e deixava as pessoas em casa. O *holy man* adorava quando ele contava as histórias do taxista-sufi. O taxista-zaddik não cobrava nada. Presenteava. Era feito o sol. Dizia como as pessoas eram interessantes. Enunciava as virtudes. Retirava-as do cárcere do mundo e as mantinha no umbigo da singularidade. Já no táxi comum, ele não abria muito a boca. Ficava calado.

Numa sexta-feira em que não haveria corrida para Santos, ele foi até o Caps. O psiquiatra havia preparado uma sala para ele. Sentaram-se uns quinze usuários do sistema, duas terapeutas ocupacionais, uma psicanalista e dois psiquiatras. Frederico começou:

"Boa tarde a todos, estou honrado com o convite. Escutei certa vez de uma sereia que eu era um doutor em condição humana. Talvez ela tenha exagerado, mas não há razão para eu não me autorizar a falar. O que vou lhes dizer é o mantra cansado que não cesso de repetir. O ser humano é um camaleão. Em geral ele gosta de tomar a coloração das coisas do mundo, pois isso lhe dá um pouco de sossego. Quando ele está esverdeado perto da folha de uma árvore, assistimos ao camaleão descansar e fechar os olhos. Não é agradável quando encontramos um camaleão tranquilo ou uma pessoa que coincide com ela mesma? Nada é melhor que tomar a cor do mundo e falar seu idioma. Caso contrário, quando não está encostado em nada, o camaleão fica exposto. Zanza sem saber quem é e fala em línguas exaltadas. O Gregório era assim. Ele proclamava: 'Estou fora dos mapas. Sou um homem antigo. Tudo me confessa!'.

"Eu achava lindo o Gregório ser um clandestino. Eu o admirava por ele não estar vestido com o uniforme dos regimes culturais. Ele escapava das coerções discursivas e não tomava parte na cena do mundo. A máquina de embalsamar esquizofrênicos não o pegava. Eu não entendia nada do humano e das suas imunizações. Nada da metamorfose dos camaleões. Para saber algo disso, é preciso partir de uma diferença. Há os camaleões que dizem sim e os que dizem não. No primeiro grupo, a sentença 'Ah, sim, eu aceito tomar a cor desta flor ou deste tronco' é dita sem solavanco. O aroma da flor ocupou e preencheu tanto o camaleão que ele mergulhou na sua cor. Já o que se retrai diz: 'Eu não vou me colorir no mundo. Prefiro ficar suspenso e indeterminado. Pertenço ao nada e ao abismo'. O Gregório era do segundo grupo. No dia em que se apresentou na oficina, ele disse: 'Dizem que sou pai-de-deus. Desde menino eu via animais em sonhos, antes mesmo de tê-los visto pessoalmente ou em fotografias'. O pai-de-deus era tão exposto e aberto que espelhava a totalidade do real. E, sem nada dentro de si, anotava o ditado das coisas. Mas o Gregório queria aterrissar e ganhar interioridade. Sei disso porque o pai-de--deus me contou que queria misturar-se com uma mulher. Ele estava apaixonado e ansiava abandonar a via negativa. O camaleão queria ganhar cor, inventando uma mulher existente.

Na imagem que faço do camaleão, ele não é mera adaptação, pega a cor daquilo que torna seu. Mas a mulher tinha partido e era preciso atravessar o uivo daquele corpo desabitado. Eu me aproximei dele, publiquei seus poemas, tomávamos suco de manga na Paulista, mas eu não mergulhei na sua dor. Eu só a vesti com roupagens filosóficas. Estetizei o Gregório e, em vez de caminhar com ele no interior do grande vazio, pintei o cabelo dele de azul. Eu estava enfeitiçado pela mania de pureza e achava que quem existe na lonjura está fora do circuito da alienação. Para mim, na condição de idiota teológico, Gregório e eu éramos a incandescência poética de singularidades livres da armação do mundo. Esta palestra, meus amigos, é um pedido de desculpas. Sorte a minha não ter morrido naqueles anos de arrogância. Sorte eu estar aqui com vocês participando e sendo visto. Sou agora apenas um olho a mais. Já não vivo na distância como meta-olho. Eu estava intoxicado pela teologia da dor, de Heidegger e de Adorno: de um lado, os que conheciam o sofrimento e sabiam soletrá-lo e do outro, no andar de baixo, os iludidos, os que deviam ser liberados. Ah, amigos, meu autismo filosófico foi corrigido pela visita do mundo. Meu nariz empinado desabou e tudo o que posso fazer agora é falar-lhes da linha onto-topológica e da metamorfose dos camaleões. Não posso falar do teorema de Gödel nem da estrela da manhã, mas posso descrever as posições de quem chegou e quem não chegou na casa do mundo."

Quando Frederico terminou, foi aplaudido. Sentiu que estava imerso naquele lugar. De fato, o rato, o bolso vazio e o corpo doente tinham-no puxado para o mundo com toda a força. Despencou da redoma-consultório e espatifou no chão. Cessou o delírio de presunção. Dezoito anos com o guru e ele se encontrava relaxado e incapaz. Ele devia ter caído fora no sexto ano. Ali já estava bom. A criança já estava gorda e a mãe-guru podia ter consumado o corte. Bastava então esconder a vocação e estudar para se tornar um professor de filosofia normal, como seus colegas. Como não havia um mestrado para profetas ou uma escola que desse sequência aos seus dons de candidato a *holy man*, ele tinha que tentar fazer outra coisa. De nada adianta ter talentos de ceramista num planeta sem barro, e mesmo o maravilhoso Maradona não teria o que fazer com uma bola na atmosfera de Júpiter. A ajuda do *holy man* não incluía o RH e o coach ontológico. Ele não tinha olhar para a parte do mundo. É raro alguém nascer e não encontrar um mundo para se desdobrar, mas era isso o que tinha acontecido com Frederico. Se houvesse uma escola de profetas ou uma instituição para os dizentes do originário, cedo ou tarde o jovem iria se medir com os colegas e avançaria para dentro do mundo. Mas como não havia sequência, ele permanecia na condição de filósofo de consultório. O mestre soprava o reconhecimento cansado, o mantra apodrecido, e ele seguia imóvel. Se antes de chegar ao guru ele era um xifópago da mãe, um apêndice, ou mesmo um pedaço do joelho dela, agora era um órgão avançado do *holy*. Talvez, se fosse um herdeiro ou rentista, ele estivesse até hoje esperando a hora de efetuar sua vocação. Quando não há transição da estufa primeira para o mundo ampliado, você começa a definhar. Não encorpa. Começa a ficar flácido e sofrer as terríveis mutações de um animal de estufa. Frederico foi se convertendo numa aberração.

Sem se mover de si, vivia na espera. Não era uma espera digna como a de Giovanni Drogo no deserto dos tártaros. Drogo aguardou a vida toda a chegada dos bárbaros e o dia da batalha. Mas esse dia nunca chegou e ele, já idoso e cansado, descobre que a batalha era com a morte. Outro que viveu suspenso na espera foi John Marcher. Ele aguardou o bote da fera na selva. Marcher pressente que sua amiga, conhecida durante uma viagem de navio, sabe algo sobre ele. Mas ele só faz a descoberta de que o acontecimento esperado teria sido amar a amiga quando ela já está morta. E essa revelação, no cemitério, o faz entrar em desespero. A espera de Frederico era apenas a espera dos tolos, dos iludidos. Ele aguardava a concretização das promessas do mestre. Esperava a casa cheia de alunos e o bolso com dinheiro para pagar as contas. Se ele era um irmãozinho do mestre, não podia ganhar apenas quinhentos reais por mês com os grupos, enquanto seu guru devia ganhar umas cem vezes mais. Ele esperava passivamente, pois, tal como o mestre, era um self negativo. Ele era aquele que não é. Era um buraco desconstruído. Um Proteu disforme. Chegou a fazer folders divulgando seus grupos e passou a anunciá-los na internet. Em vez de alunos, chegaram as goteiras e os curto-circuitos. A casa desmanchava. Precisava de uns cinquenta mil para mantê-la. Refazer o forro; a elétrica em colapso. Frederico foi obrigado a positivar-se e perceber que não havia nada a esperar.

Era preciso agir. Era preciso fazer. Ler-se pelo mundo e colorir-se com suas cores. Se um cristão é aquele que não quer se colorir com as cores do mundo, ele era um não cristão: queria colorir-se no mundo e diminuir a parte que recua e critica. Ele era Judas. Na sua raiva do guru, cometeria qualquer traição pelas moedas de ouro. Sabia que não havia um mundo mais verdadeiro nem redenção. E como não havia uma continuidade para a sua singularidade além das fronteiras do consultório, ele virou um taxista de meio período. Era, no formigueiro desta imensa China que se amplia no século XXI, apenas mais um classe-média-estrangulado. Com os dois grupos de estudos de Arendt e Sloterdijk, tirava oitocentos reais. Três dias por semana com o táxi, ele fazia uma média de dois mil e quinhentos por mês. Ganhava três e trezentos mais oitocentos reais da sublocação de uma edícula de sua casa. Total: quatro mil e cem reais. Mas só o seguro-saúde Bradesco custava dois mil e seiscentos. Passou então para um da Amil, junto com sua mulher, por mil e quinhentos reais. Ela fazia um doutorado sem bolsa e trabalhava como ghost writer. Às vezes o dinheiro entrava, mas ela tinha de ajudar os pais a saldar uma dívida. Deviam entrar uns três mil por mês. A maior parte do tempo ela se dedicava ao doutorado. Ele vinha do Morumbi e da classe média alta. Tinha morado na alameda Gabriel Monteiro da Silva. Ela era uma filha da periferia. Encontraram-se no meio do caminho. Ela subindo após um mestrado na USP e locatária de uma kitnet no centro e ele tentando achar um caminho após ter largado tudo por ser especial demais para o mundo. Ele já havia esgotado sua cota de nãos. Não queria ir parar muito longe das regiões aquecidas pelo consumo. Não suportava ficar horas em ônibus lotados e caminhar por vielas nas quais disputava o espaço com cães perdidos. Achava as casinhas da beira deprimentes, com suas paredes mofadas e cheiro de fritura.

Tinha morado com o avô num casarão da Gabriel Monteiro e na casa da mãe, no Morumbi, tinha um mordomo para servir o jantar com luvas brancas. Sua mãe ia todo ano para a Europa fazer cursos de história da arte. Frederico tinha feito intercâmbio nos Estados Unidos e os colegas de colégio iam de avião para fazendas deslumbrantes nos feriados prolongados. Ele vivia como um pedaço dessa mãe que se sentia uma aristocrata. Era uma bela loira que parava o largo São Francisco quando ia até lá encontrar-se com o pai-professor. Os jovens estudantes, os quatrocentões paulistanos, ficavam encantados com a filha do mestre do direito penal. Ela viveu suspensa a vida inteira esperando o seu Errol Flynn e seu Clark Gable. Mas eles nunca vieram. Nada na terra a fecundou. Precisava dos hotéis chiques e dos navios nórdicos para sentir-se digna. Os maridos empíricos foram desprezados. Apenas o filho era ela; sua imagem e semelhança. O filho era perfeito: a peça fundamental no cenário dela. Ele existiu no interior desse feitiço até o dia em que começou a beber, a zanzar pelo baixo e contrair doenças obscenas. Ele queria nascer e ser visto. Descolar-se da mãe. Começou a ser táxi pelas madrugadas e a se aproximar dos antípodas, as mulheres e os travestis que se prostituíam na rua. Sua mãe quase enlouqueceu: trancava-se no quarto e tomava todos os remédios. Queria livrar-se do elefante branco, do rapaz em carne viva. Os psiquiatras diziam que ele jamais se curaria.

Frederico dormia na edícula com um homem que o acompanhava. Esse homem, contratado pela mãe, vigiava-o. O rapaz não devia entrar em contato com a vodca. Frederico estava apaixonado e a namorada tinha rompido com ele. Ele andava com as cartas dela numa mala e estava desabado. Não tinha sobrado nada. O buraco o engolia. A gravidade da fenda arrancava-o de qualquer coisa. Camaleão sem cor alguma, ele chegou ao *holy man* como um uivo. Tinha trinta e quatro anos e suas pequenas defesas haviam caído. Estava negativado. O guru o acolheu e o colocou no colo. Olhou para ele e acertou a melodia da canção. O samba de uma nota só ganhou sequência e continuidade. Virou imersão de dois em música una. O consultório ficava na casa do guru. Frederico esperava numa sala imerso em músicas sagradas, rodeado por ícones e relíquias. Lamentos islâmicos e cantos cristãos o amparavam. Quando o mestre aparecia envolvido num xale púrpura, o paciente sorria. Subia as escadas e sentia que o terapeuta levitava atrás dele. Com o tempo Frederico parou de beber e de fazer loucuras. O self crescia e encorpava. Entretanto, a certa altura, ele estancou e começou a deslizar. Como não encontrou sequência no mundo, passou a inflar e apodrecer. Frederico virou um baiacu. Quanto mais o mundo lhe virava as costas, mais ele existia na burrice das hipérboles. Se sua mãe esperou pelo Errol Flynn e pelo Clark Gable até o dia em que decidiu colocar *the end* na tela de seu filme num flat da avenida Cidade Jardim, o jovem esperava pela efetuação das promessas do mestre: a casa cheia e a transmissão da via negativa. Os ouvintes embebidos no *logos* efervescente do anarca pneumático.

Não ocorreu ao jovem que ele devia ativar algum princípio subjetivo de desinibição. Ele tinha que lutar e bater nas portas do mundo. Afiar as garras. Não adiantava ficar ali, passivo, aguardando a hospitalidade do universo. O mestre não se inquietava. Vivia flutuando no real verdadeiro e a realidade aparente já não contava para ele. Frederico só descobriu a ignição do princípio subjetivo quando sua casa começou a desmanchar. Descobriu que a agressividade era necessária e que seus atos contavam e eram positivos. Percebeu que se ele tivesse feito coisas e lutado, estaria muito mais forte. Era hora de espantar o self-negativo e buscar forma, positivar-se. O assunto do desamparo já não funcionava para ele. O Kazuo podia desrealizar-se, já tinha feito muita conta e resolvido muita equação. O mestre podia transfigurar o desamparo em visita do divino, porque também já tinha baixado a cabeça e feito o trabalho laico. Frederico, não. Precisava trabalhar e suar para ganhar uma forma. Seu self-negativo era uma ameba concordina a ser exorcizada. Era hora de fechar a abertura e tapar o ouvido para os outros. Fazer engordar o eu. Toda sua bibliografia não-eu foi removida: Heidegger, Levinas, Lacan, Bataille e outros foram para a estante mais baixa, junto de Agostinho e da cristandade. O pecado original e o negativo foram realocados. Frederico percebeu que havia jogado seus melhores anos na lata do lixo. Tinha feito uma formação tibetana em uma cidade chinesa. Sentado no táxi do mundo, Frederico repetia o novo mantra: "Por estupidez e vaidade perdi minha vida. Sou a mocinha seduzida dos filmes antigos".

Se Hans Castorp passara sete anos na montanha mágica, os sete anos de sua formação, Frederico tinha passado dezoito na sua de-formação. Castorp descia para a guerra e toda a sua *bildung* só fora possível bem longe, no mundo alternativo do sanatório nas montanhas de Davos. Frederico também só pôde burilar o negativo e o não-eu na sala encantada do guru, mas, agora, ao descer, o importante era positivar-se. Ele tinha passado quase duas décadas exercitando-se na direção a-mundana, e a prova disso era sua bunda no banco daquele táxi. Agora ele precisava de tudo o que tinha desprezado. A primeira tarefa para um homem, ele pensava, é cuidar da sua própria base macacal. Musculação e fitness para o mundo no lugar de súplica e poemas para o nada: estava dado o programa de transição. O Kazuo podia rasgar os aforismos que escrevia diariamente. Frederico não podia rasgar mais nada que pudesse ser útil. Ele tinha de lutar, trabalhar e se exercitar, mas estava beirando os sessenta e a saúde tinha declinado muito após o infarto. Quando dirigia o táxi com a sinusite martelando-lhe a têmpora e a consciência plena de que a bunda colada ao assento era realmente a sua, sentia vontade de atropelar o guru e mandá-lo logo para casa e para a essência do negativo. Quando os surtos de raiva eram muito grandes, precisava de Rivotril e Polaramine para adormecer. Após a decepção com o guru, Frederico fechou-se para os outros e aboliu a palavra "amizade". Alteridade zero era o seu lema. Disse para sua mulher que só faria o "social" se tivesse lanche ou jantar de graça. As coisas pioraram demais quando seu cunhado trocou o táxi pelo guincho. Antigamente um taxista chegava a fazer mil reais por dia. As pessoas não sabem que trabalhar com táxi era algo muito rentável nos anos das vacas gordas. E podia-se tirar até doze mil reais líquidos por mês. Mas nos últimos anos, esses doze mil tinham virado, com sorte, seis mil reais. Seu cunhado percebeu que faria três, quatro mil a mais com o guincho. O resultado foi que Frederico acabou rebaixado para o uber. Ele era um microempreendedor com seus dois grupos de estudo e o uber. O problema é que se ele fazia dois mil e quinhentos com o táxi, com o uber fazia mil e trezentos.

Adquiriu uma falta de ar crônica que ele não sabia se era ou não consequência da poluição da cidade. À broncotraqueíte acrescentavam-se doze infecções anuais por sinusite e os efeitos colaterais da medicação para o problema coronariano. Quando Frederico parava o carro para comer sua marmita, lamentava não ter tido competência para o mundo a ponto de não encontrar sequer um bom lugar para sua saúde. Ele amava o mar, mas só o via de esguelha quando fazia a corrida para Santos. Sua impotência para construir algo melhor para sua vida era tão grande que o almoço azedava na boca. Tinha perdido a vida identificando-se com Kakfa sob o aplauso da sua sereia. Como a casa e o colégio tinham esmagado demais sua existência, ele julgou descobrir uma alienação universal que os outros não percebiam. Na relação com o mestre, ele ultrapassava o cárcere do mundo. Vivia o júbilo de ser o animal sagrado e habitar o portal das coisas: Frederico queria levar a notícia de que não estávamos encarcerados. Havia uma saída, havia um outro lugar, um lugar iluminado por uma luz diferente. Mas a verdade é que mesmo no seu colégio semi-interno, só de representantes do gênero masculino e com doze aulas de química por semana, a grande maioria dos colegas sentia-se bem. Para eles não havia um cárcere, mas uma progressão nas realizações. Estavam imersos em jogos e aprendizados. Passadas muitas décadas, os ex-colegas encontravam-se em jantares e celebravam aquela instituição escolar. Tinham boas memórias daquele lugar que, para Frederico, não passava de um campo de concentração. Treze deles tinham se tornado engenheiros e já meninos eram camaleões matemáticos, que brincavam e se desdobravam nas equações, enquanto Frederico era olhado por elas e se desfigurava de pavor. Vagava por aquele lugar como um antigo exilado em terra estranha. Tremia e sentia-se filmado. O menino Frederico era um camaleão sem cor e sem ponte com o mundo. Nenhuma matéria ou professor o tinha fertilizado.

Em casa também não havia tocado sua música. Sua genitora não o considerava um outro polo distinto, mas uma parte dela mesma. Ao olhar para o seu filho, ela enxergava apenas a si e, por isso, o self do menino não floresceu. Frederico era um oco ambulante, uma fruta descascada. Sua fisionomia era desfigurada e ele vivia de decorar e memorizar. Quando apareceu a sexualidade, lá pelos vinte anos, Frederico tentou roubar os corpos para ganhar um, mas as doenças existentes e o surgimento de mais uma, inteiramente fatal, jogavam-no para o lugar-nenhum de sempre. Na primeira vez que parou seu Volkswagen numa avenida ao lado de um parque, um homem misturado de mulher entrou em seu carro. Ele achou que seria masturbado por uma entidade feminina, mas a coisa se inverteu e o homem colocou o pau para fora. Frederico recuou: não era sua intenção acariciar ou lamber aquele treco. Houve luta e uma navalha luziu entre eles. Abriu a porta e pulou. Chovia. Ficou atrás de uma árvore por uns quinze minutos, até que o companheiro da sua primeira vez terminasse de ejacular no assento do motorista. Pode-se dizer que o desencontro no coito inaugural reproduziu o de seus genitores.

Foram as moléstias leves como a blenorragia e o condiloma venéreo, vulgo couve-flor, que protegeram o jovem das doenças fatais. Isso porque, nas esquinas onde parava, todos os servidores sexuais se recusavam a chegar perto daquele órgão cheio de verrugas. Quer fosse nos bueiros perto da avenida Angélica, nas imediações da USP ou da Quarto Centenário, putas e travestis recuavam diante da apresentação daquele membro: "Ai, bem, tira isso daqui!".

Frederico não gostava de se lembrar desses inícios na magia tenebrosa da sexualidade. Era obrigado a passar de uber, carregando as pessoas, por partes da cidade que ele evitava. Numa manhã de maio, mês em que Frederico completaria cinquenta e nove anos de vida, foi buscar um passageiro em Santo Amaro e reconheceu nele o irmão da sua amiga que tinha vivido por vinte anos numa comunidade religiosa nos Países Baixos. Após o reconhecimento, a conversa engatou e o irmão contou que a Cecília tinha ficado no chão como se fosse um espantalho. Depois da separação ela parecia um boneco desconjuntado. Os amigos não sabiam o que fazer com ela. Foi num encontro de meditação em Monte Verde que a voz de um guru meio yogi, meio lama, começou a desenhar um contorno na Cecília. A voz começou a juntar os cacos e ela sossegou um pouco. Passou a dizer mantras umas seis horas por dia e seguiu o guru até acabar morando numa cidade holandesa que era a base da comunidade. Parecia que tudo ia bem, mas a espiral ascendente na direção nirvânica foi interrompida pela paixão por um espanhol. Ele reivindicou a base macacal da Cecília e ela colocou-se em suas mãos. O problema é que o Diego, acho que era esse o nome dele, era muito querido pelas mulheres e, nessa condição de predileto, acessava sexualmente muitas delas. Ele não se contentava com uma ou duas. Gostava da variedade e da expansão conforme o mandato de Eros, o deus brincalhão. A dificuldade apareceu porque, em vez de o guru puxar a orelha do espanhol, a bronca ia para as apaixonadas: *"Too much attachment. No attachment"*. Sem apego, repetia o mestre para as moças seduzidas. A Cecília regressou ao Brasil após o suicídio de uma das enamoradas. Voltou com o rabo entre as pernas. Tremia também. Tinha despencado de Shangri-La. Muitos diziam que o Diego financiava parte da vida comunitária e que o guru indiano, amparado na sabedoria louca dos mestres antigos, se fazia de gigolô do espanhol, ou talvez catalão, não se sabia bem.

Frederico escutava o relato. As histórias pareciam espelhadas. Ambos, Cecília e ele, tinham perdido Shangri-La, o paraíso terrestre. Ainda que ele tenha acreditado que fazia uma terapia para entrar no mundo, na verdade sua terapia tinha sido um longo e contínuo afastamento dele. Como nas seitas desregradas, ele também tinha sido autorizado a tudo. Qualquer coisa era legítima desde que estivesse vinculada ao chamado da vocação. Singularidade quer dizer nós mesmos do jeito que o mistério doou. Ela é tudo. Não somos escravos no cativeiro do mundo. Não tomamos medida numa penitenciária cruel. Não nos realizamos nela. Não somos camaleões coloridos com as cores do aqui. Somos mensageiros do mistério. Nosso self é extramundano. Frederico era um rebento do enigmático. Sua vida não tinha o direito de acontecer e de se realizar no mundo ao modo habitual. Tinha que desconhecer a continuidade e a manutenção da forma. Quando o nosso jovem aprumava um pouco e imaginava para si uma rota ascendente ou um grude maior com o mundo, logo vinha um puxão do descontínuo e da diferença. Era a velha. Ela odiava a integração e a dialética. A velha era uma entidade misteriosa que impedia Frederico de sossegar. Mesmo o esquizoanalista mais radical não teria imaginado algo com a potência da velha. Ela era um tsunami. Um furacão. O mestre adorava a velha. Sempre dizia que quando Frederico desejava o mundo, a velha o recolocava na beira do abismo. "Ela sente ciúmes", repetia o mestre. A velha colecionava camaleões sem cor e vomitava os coloridos. Mesmo que Frederico mudasse de estrada, a velha o empurraria para o acostamento. Na formulação do jovem, a velha aparecia como uma ave infecta. Metade gente, metade pomba gigante. Ela se empoleirava em abajures e vigiava Frederico a fim de abortar qualquer movimento de incorporação e de identificação. Sempre que o rapaz ganhava estabilidade, dizendo "sim" para alguma coisa, a velha corria para puxar-lhe o tapete e reapresentar o buraco. Se Frederico ganhava saúde, a velha cuspia vírus na sua boca. O descontínuo era a lei. Frederico era o susto do início para todo o sempre. O mestre já tinha avisado: "Quem nasce pela fenda morrerá por ela".

Frederico tinha chegado ao destino do irmão da Cecília. Parou no Jabaquara perto dos prédios do Itaú.

"Sabe, eu e sua irmã passamos por experiências semelhantes. Eu acreditava fazer uma terapia quando, na verdade, tinha entrado para uma seita semignóstica. A Cecília pensava estar se iluminando quando cavava a própria destruição."

"Eu sei. Mas a Cecília não se fodeu como você, aqui nesta merda de uber. Ela está bem. Está em Berkeley faz dois anos. Doutorou-se em Estudos Religiosos e Filosofia."

"Pois é. Tua irmã sempre foi muito inteligente. Pelo jeito, ela soube capitanear o desastre. Já eu larguei quase tudo e, por dez anos, cultivei a douta ignorância. Meu guru disse que eu já tinha iluminado e eu acreditei."

O irmão da Cecília sorriu e Frederico acelerou rindo também, mas logo seu riso tinha virado desespero. Fazia três meses que ele sentia muita fraqueza e uma falta de ar crônica. Temia não ter forças para trabalhar. Ajeitou a foto do Dilthey no porta-luvas do carro a fim de atenuar a agonia. Dilthey seguia sendo seu tema. Frederico já não era solto como o espírito santo. A dispersão sagrada do taxista sufi, conduzindo os outros para casa, tinha acabado. Ele já não vivia para os outros. Ele tinha um tema. Se o conde de Montecristo tinha a vingança para se desdobrar, ele tinha o Dilthey. Dilthey era a determinação que ele acolhia. "Quem sou eu?", perguntava Frederico. E ele respondia: "Sou estudioso do Dilthey". Além do Dilthey, seu plano secreto de leitura, Frederico gostava de mostrar, em seus grupos de estudo, a transição da filosofia contemporânea das experiências-limite e da aniquilação do sujeito para um pensamento das imunidades e da positivação do si mesmo. Frederico enxergava nele mesmo este percurso e amava mostrá-lo aos seus ouvintes na obra de Sloterdijk e de Foucault. Apesar de não ter lugar institucional e contar com apenas oito alunos, considerava-se apto a discutir filosofia. Sua dor era ter que dividi-la com o uber e ter perdido tempo demais com o romantismo das experiências-limite. Que ele era realmente bom em ser-ninguém e ser-aniquilado, disso não se duvidava, afinal, era uma dádiva do início, da inexistência da canção bipolar do reconhecimento. O problema foi o guru ter garantido uma vida digna no mundo para quem estava fora dele. Se um dia alguém disser que você nasceu vocacionado ou é especial, preste atenção: de nada vale uma vocação se não há para ela um exercício correspondente. Foi aí que a porca torceu o rabo. O mundo cobrou caro. Deu o bote de uma fera na selva.

3.
Dois eventos I

Na infância, um menino espancava o Frederico para tirá-lo do alheamento. Frederico não tinha nascido e sua alma estava encruada. Existia como um fósforo molhado. Ele não pôde corresponder aos socos e pontapés e agradecer o garoto pelo chamado do mundo. Muitos anos mais tarde ele veio à luz, e sua alma eclodiu através das canções do guru. Fiat lux. O fósforo acendeu e houve agradecimento. O rapaz dançou de júbilo e disse que o mestre era divino. Mas o tempo passou e sua alma profética, afeita a dizer as coisas sob a luz da redenção, não conseguiu clientela nem achou lugar. Frederico desabou do país da mania. O seu táxi levinasiano cedeu lugar ao das trocas monetárias. A queda foi tamanha que ele passou a odiar o mestre. Escreveu-lhe e-mails desaforados contando sua catástrofe e seus problemas de saúde, mas o guru havia se fechado como uma ostra do sagrado. A desconfiança em relação a ele tomou corpo aos poucos e virou um susto após os dois acontecimentos que passo a relatar em seguida.

O primeiro deles diz respeito diretamente ao guru e tem a ver com o dia em que Frederico foi para Ribeirão Preto falar sobre o profetismo em Berdiaev. Sua fala foi fundamentada nos textos e Frederico apresentou a crítica berdiaeviana à platitude. A platitude é aquela forma de vida inteiramente colada na imanência. É ela que caracteriza a vida na atualidade. Há toda uma economia dos afetos sustentando a instalação do homem na platitude. Mas se alguns desses afetos mantêm o aprisionamento no mesmo e a vida no palácio de cristal diagnosticado por Dostoiévski, outros, como a angústia e a nostalgia, cavam e rasgam a horizontalidade palaciana, noticiando a liberdade e o fundamento abismal do humano. Os sete ou oito ouvintes gostaram e perceberam as consequências éticas de uma antropologia apofática. Mas na hora das questões, Frederico notou que a maioria dos ouvintes estava mais interessada em obter informações sobre o guru do que acerca do que foi ali apresentado. De repente, uma senhorinha perguntou-lhe se era mesmo verdade que o mestre era uma reencarnação de Madame Blavatsky. Frederico riu e não levou a sério. Mas no dia seguinte, quando retornou ao consultório do guru, lhe disse: "Você não imagina o que andam dizendo de você por aí. Perguntaram-me se você é realmente uma reencarnação da Madame Blavatsky". Frederico ria bastante, mas logo se assustou ao notar que o mestre não gostou. Ficou calado e com cara de paisagem. Em seguida, neste mesmo encontro, Frederico perguntou sobre dinheiro:

"Eu ganho o equivalente a um salário mínimo, às vezes até menos. Você acha que eu consigo chegar a uns oito mil? Eu preciso de oito mil para viver bem."

"Você não tem que se preocupar. Você é um habitante da fronteira. Deus cuidará de você."

"O quê?"

Então Frederico gelou de medo ao ver que o seu guru amado e idolatrado por tantos anos, o seu parteiro e gênio da função materna, começou a recitar a parábola dos lírios do campo: "Olhai os lírios do campo, como eles crescem; não trabalham nem fiam".

Frederico sentiu que devia fugir dali o mais rápido possível. Assustado, ele olhava para o mestre esperando que ele dissesse que era uma brincadeira. Mas o mestre não ria da piada. Frederico fechou o silogismo: o mestre vivia siderado em outros mundos e o zíper da ilusão blindava aquele homem que jamais aterrissaria. Frederico, já então com pouco mais de cinquenta, saiu desorientado para a rua. Já não podia zanzar pelos shoppings para pregar a pós-metafísica e o paradiso terrestre. Ele tinha sido o Mestre Eckhart dos cafés Kopenhagen da região de Pinheiros. O homem do subsolo do Shopping Eldorado; ia quase todo dia ali tomar um suco verde para melhorar a saúde. Os atendentes perguntavam:

"O senhor não é daqui, né? Vem do interior?"

"Sim. Venho do interior. Interior profundo. Bem lá na beira do fim do mundo."

Agora suas piadas filosóficas já não tinham o apoio nem a autorização do mestre. Frederico percebeu que tinha vivido dezoito anos no interior de uma semântica gnóstica e que seria difícil inventar um novo eu para si. Isso se confirmou nas visitas que fez a terapeutas mundanos. O primeiro deles nem sequer compreendia os termos "fenda", "buraco", "diferença", "evento" etc. A segunda, uma jovem vivaz e linda, lhe disse: "Eu não curto esse papo de desconstrução. Isso não casa com a psicologia. A gente trata do eu. Se você abandonou o eu, devia ter ido para um mosteiro. Olha, esse negócio do buraco é para você não olhar. Eu só vou dar uma olhadinha no final. E essa coisa de você ficar se olhando e se assistindo é muito patológico. Vamos diminuir isso".

Frederico ficou assustado. O vocabulário da moça parecia mais suave e continha muito amor ao mundo. O nosso cinquentão erguia bem o pescoço para focar nos olhos castanhos da mulher e mantinha ele duro, com medo de olhar para baixo, para as pernas dela. Eram bronzeadas e lisas. Muito torneadas. Meio lustrosas. Frederico morria de medo do desejo: a luz daquelas pernas era mais intensa que a da diferença ontológica. O tema "Frederico e as mulheres" daria um livro tragicômico. Antes de conhecer o guru, o nosso jovem achava que elas não eram para o seu bico e ele só conseguia avançar e tirar as cuecas se estivesse bêbado e pudesse pagar. Durante o convívio com o mestre ele se tornou um revelador erótico. Apanhava a senha, o segredo da mulher, cochichava-o no ouvido dela e passava para outra. O amor eventual, tipo Heidegger, consistia em colher o grito com uma psicanálise relâmpago. Era uma ação profética espontânea, embora essa espontaneidade definhasse com as mulheres positivadas e muito bonitas. Diante delas, parecia que a visitação da incandescência abandonava Frederico. No guichê da revelação, suas clientes mais comuns eram as negativadas, as cindidas e as melancólicas. Frederico seguia assim os passos de Terence Stamp no *Teorema* de Pasolini, apesar de não contar com a beleza desse ator. De qualquer modo, mulheres como aquela psicanalista, cheirosas e elegantes e bem integradas ao mundo deixavam-no assustado. Eram praticamente inacessíveis ao logos proclamador de Frederico, e toda sua compulsão-para-dizer-o-outro e todos os seus dotes de revelador negativo pareciam não poder abrir certo tipo de pessoa.

O segundo evento que o fez abandonar o guru teve dois tempos. No primeiro tempo, uma moça se aproxima de Gregório e de Frederico na praça Benedito Calixto, no já mencionado evento em Pinheiros, e pede um livro do pai-de-deus. Frederico entrega o livro e a moça o segura pelas mãos e pergunta: "É você que tem conversado com o Natanael esses assuntos de Jesus e Mestre Eckhart?". Natanael era um usuário do sistema de saúde. Frederico responde contente e vaidoso: "Sim, sou eu, sim. A gente conversa bastante. Eu e o Natanael trocamos textos". A moça olha bem para o Frederico e diz: "Você é um filho da puta!". Frederico não entende e quase deleta o ocorrido. Dez anos depois, ao abandonar o guru, o acontecimento retorna e ele o compreende. Natanael era o namorado da moça e, para ela, aquelas conversas gnósticas e heideggerianas puxavam-no para fora do mundo e desviavam-no da tarefa de residir no comum. Levavam-no ao delírio acolchoado.

4.
Sob as estrelas

Frederico voltava para casa num fim de tarde escaldante de fevereiro. O uber não dava nada. Menos da metade do táxi, que também já não dava quase nada. A sinusite martelava a têmpora. Agora, com sessenta anos completos, ele se recordava dos verões com a carteira cheia: Maraú, São Miguel dos Milagres, Morro de São Paulo, Boipeba, Trancoso, Tulum. As viagens por lugares encantados tinham acabado. Eram privilégio da alta e ele descia em grande velocidade. Um mergulho no Guarujá uma vez por mês e isso já era muito. Frederico almejava por alguns dias de bem-estar na sua base macacal. O sofrimento físico era contínuo. Ele já tinha feito duas cirurgias de sinusite, mas ela estava lá, soberana e onipresente, tomando-lhe a testa toda. Uma base macacal bichada e já não há visita do ser. O maluco do Heidegger tinha deixado de lado tudo o que importa: não é o ser que nos sustenta, mas o prato de arroz com feijão e uma banana para adoçar a boca. Não é da fenda que viemos, mas do gozo de dois humanos. Incrível como a filosofia pode enganar as pessoas. Um homem considerado genial escreve mais de cem volumes da sua ladainha e acrescenta uma única frase sobre a sexualidade humana. Na sua famosa *Carta sobre o humanismo*, Heidegger diz: "A sexualidade fundamenta-se na transcendência do dasein". Frederico ria tanto de si por ter comprado toda essa mercadoria, que talvez agora sim acabasse atingindo a iluminação por autodesprezo. Ele, o menino anexado na mãe especial de Hollywood, havia se tornado, em seguida, o rapaz especial do guru, e não tinha construído sequer um mínimo para si mesmo. O si mesmo não é fronteiriço nem vinga para quem mora na casa do espanto. Não há um deus para cuidar de quem existe rasgado na dobra. Somos mamíferos descidos das árvores. O si mesmo é obra e duração. Dedicação de macacos autotrabalhados que tiveram mães. O privilégio dos rasgados e estranhos ficou para trás no relógio epocal. Até nisso Frederico era obsoleto. Esse privilégio foi uma herança heideggeriana. Após o desastre de duas guerras mundiais e da bomba atômica, cabia voltar ao originário e repensar toda a tradição. A razão também estava mancomunada com o mal. Salvavam-se os estranhos, os não interventores, os a-racionais. Cézanne, Hölderlin, Tsvetáieva, Van Gogh, Trakl, Duras, os guardiões do originário eram a esperança de um outro começo e a melhor aparição do humano. Eles salvavam o mundo. Seu pensar, seu logos originário, era um agradecer. *Denken* é *Danken*. Esses seres apontavam para o outro começo, além do niilismo. Eram os pedagogos de uma outra forma de habitar o aqui. Frederico, na medida em que não tinha competência para nada mundano, apoiou-se naqueles educadores para continuar se sentindo especial e diferente. O guru reproduziu, assim, a mesma coisa que havia se passado entre Frederico e a mãe. Mas o homem especial desaparecera já nas primeiras corridas de táxi. Não ser mais o passageiro servido, mas aquele que depende do taxímetro, foi uma transformação radical. Frederico levou uma lição e percebeu que, nesta imensa China que se abre sobre o globo, os estranhados já não importam muita coisa. A luz do originário poderá pulsar ainda para alguns aposentados como o Kazuo. A espiritualidade da transcendência finita e da terra como paradiso aqui mesmo poderá ser cultivada por aqueles que puderem comprar um pouco de silêncio e de escuridão. Mas, para nós aqui, imersos em paisagens saturadas e luz artificial, o clarão seguirá como um assunto clínico; para nós, interessados em que a vida não termine neste século, a senha da ciência importa mais que a do poema.

Será necessário escutar os cientistas e programar cada milímetro de ação, de consumo e de lixo, se quisermos sobreviver como civilização. A relação de Frederico com seu corpo protético e sua docilidade e obsessão com a regularidade dos medicamentos são um bom emblema para a vida hiper-sistêmica do século XXI. Quando o próprio planeta Terra se converte numa aeronave, conforme a imagem de Sloterdijk, tudo tem de estar calibrado e explicitado. O século XXI é o deserto dos iniciadores e dos libertários. Nesse sentido, o nosso homem da terceira idade pertence ao século, pois nele as próteses, as medicações e o corpo fazem uma argamassa só. Em contextos hiper-sistêmicos, os estranhões são contabilizados em termos psicopatológicos e mesmo os poetas já se envergonham de dizer o clarão estrangeiro. Preferem zanzar pela aeronave técnica, colhendo estilhaços de luz e se perguntando pela poesia.

Ao chegar em casa com o declínio do sol, Frederico deixou cem reais com sua mulher e seguiu para Campos do Jordão. O Kazuo tinha perdido a companheira já fazia três meses e Frederico lhe devia uma visita. Levava de presente a tradução brasileira do *Contribuições à filosofia*, do Heidegger, aquele catatau do apocalipse ontológico. Na Carvalho Pinto, viu um cãozinho abandonado correr pela ilha que dividia as pistas. Ele balançava a língua e corria. Parecia ir na direção dos donos que já tinham sumido. Frederico pensou em parar, mas era muito perigoso. Ele já não tinha o corpo ágil de antes. Seguiu adiante ferido, pois pressentiu a morte do cão.

Ao chegar em Campos, ele e o Kazuo saíram caminhando sob as estrelas: "Vou fechar minha clareirinha. Não vou vestir o fraldão do vovô. Você sabe, sou um pensador. Não quero virar croquete na cama. Eu queria que você viesse pra gente se despedir. Vamos ler Chuang-Tzu e um parágrafo do *Ser e tempo* para celebrar a caminhada. Frederico sabia que o Kazuo estava doente, e enquanto caminhavam relembravam os cinco anos de jornada juntos atravessando *Ser e tempo*. Pela primeira vez

Frederico contou ao Kazuo que tinha tido um mestre. O Kazuo sorriu e disse "não há mestre nem guru no país da finitude". Em seguida perguntou:

"Você viu na televisão? Abriram a baleia e ela estava cheia de plástico. Tenho sorte de não ir mais adiante. Como alterar o sistema produtivo, se a macacada só quer consumir? São gafanhotos aloprados."

"Sim, eu vi. Vi também um cavalo-marinho com um cotonete na cauda."

"E esse negócio de uber, Frederico? Você está ajoelhado pedindo dinheiro para os gafanhotos? Você precisava de uma bolsa-existência. Seu problema foi ter vivido o pensamento do Heidegger quando hoje o que se quer do filósofo é que ele explique as filosofias sem viver nenhuma. Você agora precisa voar mil anos em cinco para poder ampliar seu repertório e dar aulas. Mas é uma estupidez ser um intelectual: se você juntar dois ou três deles numa sala, vão te recitar todas as ideias do mundo, mas já não sabem encarnar nenhuma e querem o mesmo carro e as mesmas férias que o dentista e o economista."

"Eu sei, eu sei de tudo isso."

Lá pela meia-noite, leram juntos umas trinta páginas do *Contribuições à filosofia* e o Kazuo chegou a dar risada até do Heidegger. Leram também algumas páginas de Chuang-Tzu e gargalharam bem alto. Quando se despediam, o Kazuo deu um pacote ao Frederico e disse para abri-lo só no dia seguinte.

Ao se deitar numa pensão barata de Campos do Jordão, Frederico acariciou o pacote dado pelo amigo cuja transformação ele testemunhara. Se a sua própria vida, a de filho de um casal morto transvalorado em pastor do ser, parecia uma conta que não fechava, a do seu amigo era uma vida bem lograda. Kazuo tinha sido físico e pai de família e, depois, recolhera-se na dobra, em pura nudez, para guardar o "é". E ele tinha feito bem as duas coisas: como um bom japonês, Kazuo tinha prestado o serviço do mundo na fase um e depois se retirado para o domínio zen e para a clareira na fase dois. Já Frederico fracassara tanto como profeta e candidato a *holy man* quanto na condição de alguém que circula pelos entes e os aproxima, tal qual o dinheiro.

Era estranho. Ele tinha chegado ao guru apaixonado por uma mulher e preocupado em adentrar a casa do mundo. Seu messianismo era do tipo kafkiano, de quem quer chegar. O guru o reconheceu e o acompanhou. Frederico chegou a sonhar que, capturado pela máfia russa, seria degolado numa garagem com o chão cheio de gosma de baratas, mas então o mestre apareceu. Cochichou no ouvido do chefe umas palavras-senha russas e este mandou o carrasco interromper a execução. Frederico foi liberado. Esse sonho era a prova de que alguém tinha visitado sua terra, o mestre tinha ido até ele. Ele não tinha sido apenas teologizado e estetizado de fora. Tinha sido acompanhado. O problema foi não ter avançado após o enchimento com a primeira estocagem simbiótica. Frederico parou de vez na canção que enunciava o vazio. Fiel ao mestre, transformou o começo em fim, o alfa em ômega. Estancou na vocação de nadificado e ficou aguardando pelo seu futuro, pelo ainda não. Mas como não havia sequência para ganhar corpo, o glamour do aberto, o romantismo do esquizo, a pose do diferido, a superação da metafísica e toda a mercadoria filosófica da moda trouxeram Frederico de volta, cativo ao reino morto da mãe. Ele ficou parado penteando o cabelo azul. O mestre parecia não ter notado nada. Ele apenas repetia a ladainha da vocação. Esta era origem e fim. A psicanálise do *holy man* era futural, pois o modo como alguém sofre outorga ao sofredor um saber que não diz respeito apenas ao passado, mas também ao seu futuro. De duas uma: ou Frederico não tinha vocação nenhuma, era apenas um normalão que o mestre tinha enxergado mal, ou a vocação impunha a ele uma vida sem lugar e sem ter o que fazer. O drama de Frederico é que ele havia chegado a si, mas esse chegar não o levou ao mundo comum. Como não havia resposta para isso, Frederico teve de sepultar o mestre e seguir adiante. Seguiu alimentado pela raiva dos apofáticos vocacionados e dos estetas do negativo. O Kafka era o único que ele ainda respeitava um pouco. Kakfa tinha sofrido do negativo, enquanto Blanchot e Bataille se gabavam dele. Seu plano de estudos e de trabalho era desfazer a nuvem tóxica da falha e celebrar os camaleões coloridos no mundo.

5.
As palestras

Frederico acordou na pensãozinha de Campos com um telefonema de Verônica, sua mulher. A certa altura da conversa um tanto tensa, ele tentou desviar o assunto:

"Sabe aquele escritor do Rio de Janeiro que eu admiro, o Renato Rezende? Soube agora que vai ter um evento sobre ele hoje numa livraria do Rio. Acho que eu vou até lá conhecê-lo. Já estou a um terço do caminho."

"Não acredito que você vai me deixar aqui mais uma noite sozinha."

Verônica desligou e Frederico decidiu tocar para o Rio. Ele gostava muito da trilogia do Renato Rezende. Esse autor tinha escrito um relato excelente de nascimento assistido e de migração da via negativa para o interior do mundo. Frederico considerava seus livros a melhor antiliteratura brasileira. A trilogia *Amarração*, *Caroço* e *Auréola* tinha sido escrita com a franqueza de quem transcreve o já escrito no corpo. Os livros ditados superam os imaginados. Frederico acreditava que essas escritas formadoras de território sempre seriam necessárias. Dicções do verdadeiro, veredicções. Os estetas e os intelectuais não gostam de colher o acontecido. Pensam com palavras, enquanto Renato pensa com todo seu ser. Daí o termo antiliteratura. É quando a escrita é um percurso real, uma oferta do viver-escrever, uma dilapidação.

A trilogia do Renato era uma transcrição da transição onto-topológica. Uma exposição de todo o itinerário dos camaleões. Ela narrava a passagem da suspensão e do recuo até a queda e a integração no mundo. Se, de início, o camaleão toma todas as cores e visita qualquer destino, num segundo momento, tendo colhido um espinho numa incursão amorosa, ele cai e se espatifa. Renato narra então o inarrável: a travessia da dor, o corpo abocanhado de angústia do camaleão sem cor alguma. O segundo livro — *Caroço* — traz o leitor ao ponto-limite no qual o camaleão já não pode mais mimetizar. É o fim da deriva e dos espelhismos. Agora o corpo ferido e sem cor reclama seu direito a um nascimento próprio. O oco vivo clama pela hospitalidade de uma fisionomia no mundo. É a transição para *Auréola*. O último volume da trilogia é a cicatrização da ferida e o cuidado de si no interior das horas.

Frederico era fiel à imagem do camaleão desde 1998, ano em que ela surgira numa discussão com o Kazuo: o dasein heideggeriano era um camaleão que tomava a cor dos entes intramundanos para sossegar e que, ao reapropriar-se de si, descoincidia do mundo e ficava sem cor. Ao reconstruir a trilogia do Renato nos termos do camaleão, Frederico apenas tentava traduzir as coisas para o seu vocabulário matriz. E era isso que ele fazia quando se deu conta de ter chegado no Rio e também ao seu destino final: uma livraria do bairro de Botafogo. Estava bastante animado e tinha um bocado de gente. Algumas pessoas liam poemas do Renato ao microfone. Chamaram uma professora para falar, mas ela estava bem atrasada. Frederico se esgueirou sem ser chamado e começou a falar:

"Eu vim de São Paulo para saudar a escrita do Renato. É uma escrita orgânica colhida num percurso concreto e ofertada como um dom. Penso que livros assim são raros. São injustiçados de partida, pois o mundo não gosta de entranhas. Alguém aí pode me emprestar os livros para eu poder reconstruir minha leitura? Obrigado. Na trilogia do Renato, as coisas começam com um abandono amoroso. Amanda se vai e Murilo percebe que ele era uma construção malfeita. Seu mundo desaba... Espera um pouco... Ah, aqui, achei: 'Minhas defesas haviam ruído, estouradas como a costura de uma bola de futebol, como uma hérnia. Tudo em mim — torna-se evidente agora — foi, desde sempre, precário e mal-ajambrado, uma costura malfeita, apressada, que um dia fatalmente iria se abrir'. Isso está nas páginas 72 e 73 do *Amarração*. A quebra amorosa revela ao personagem cujo nome varia nos livros que ele vivera flutuando e pairando feito folha seca. Antes da queda, a vida buscada era só colheita do instante. Não tinha projeto. Ia-se a esmo de milagre em milagre na pulsação do agora. Veja, logo em seguida, deixa eu ver... página 98 para 99, olha como Renato formula a busca pelos 'momentos extraordinários, roubados do ramerrão do dia a dia. Os acontecimentos fugidios, inesperados e secretos. A aventura. As janelas laterais, os olhares oblíquos, o movimento transversal [...]. Eu havia sido sempre um viciado no extraordinário. Meu esforço sempre foi o de cair fora, o escape. O alto. O anjo, acima e além do mundo'. Ao narrar a perda da asa, o que Renato conta é a transição do fogo do aberto na ex-posição poética para o viver nas inclusividades culturais. Ele é um pensador dessas passagens. Sua trilogia esmiúça a perda da língua do ouro ofertada pela suspensão e o ganho de uma vida mundana apoiada na cultura. Ao cansaço daquele que, esvaziado de si, visitou vidas e destinos, segue o homem que não teme a identidade e o cultivo de um tema. Essa lição de finitização é tamanha, e a trilogia do Renato poderia ser lida nos termos da transição kierkegaardiana do estágio estético para o ético. Mas se prefiro não aproximar aqui o capitão Kierk é porque o cristão trágico jamais gosta de caber no mundo. Para o Kierkegaard, urge abandonar a noiva no altar. Largar Regina e produzir ruptura e diferença o tempo todo. Dilaceramento é a receita dele contra o negativo positivado de Hegel. Para Kierkegaard, o cristão é um eterno rasgado entre o finito e o infinito. Heidegger bebeu no Kierkegaard e manteve no altar o homem dilacerado entre o abismo e o ente. Ambos, Kierkegaard e Heidegger, amavam o camaleão sem cor. Já a trilogia do Renato afirma o camaleão colorido. O mundo não é alienação. Quem embarca numa boa forma não precisa ficar recuando. Não há do que suspeitar. O mundo não é pecaminoso e podem existir rotas ascendentes. Mas desculpem, vocês não conhecem a minha filosofia dos camaleões. Não importa. Volto ao Renato. Este aqui nas minhas mãos é o segundo volume, *Caroço*. Nele cessam os deslizamentos e as derivas. O evento desencadeador também é o abandono. J.M. é sugado pelo puxão de um buraco negro após a partida de S.B. Ela segue, 'vive a vida dela, sedimentando camadas e mais camadas de experiências sobre aquilo que ele, obcecado, se nega a deixar recobrir, sempre pele em carne viva. Não que ela tenha possivelmente esquecido as caminhadas na praia, os momentos de gozo, as brincadeiras, as palavras, as gentilezas [...]. Não, estão todos lá, na memória dela, esses momentos, mas sem urgência, sem demanda, sem mistério, devidamente embalsamados, catalogados, semimortos. Essas mesmas lembranças, nele, ao contrário, não param de latejar, de sangrar, de exigir. Um ano inteiro sem vê-la, um ano inteiro praticamente sem notícias de S.B. Sendo ano bissexto, foram 366 dias de sofrimento. 8748 horas, 527 040 minutos, 31 622 400 segundos. Todos esses momentos, sem exceção, vividos um após o outro. Em cada um deles, em cada um desses milhares de segundos, ele esteve vivo, tentando aplacar a dor, tentando viver'. *Caroço*, páginas 71-72. O buraco leva J.M. Ele se torna uma grande ferida. Essa ferida conta das galerias abandonadas e um corpo intocado. Como fazer agora para plantar um lugar fora do despenhadeiro? Agora tudo é esforço por nascer. Mas nascer é mundificar-se, é recusar a via negativa. Aquele que flutuou por décadas e visitou tantos destinos soube mais recuar do que nascer. Por isso a queda foi necessária... Puxa, acho que me empolguei e falei demais, vocês me desculpem."

"Não, não pare. Está muito bom, continue", disse o próprio Renato. A professora Jacira segue presa no trânsito."

"Bom, então deixa eu pegar aqui o terceiro livro, o *Auréola*. Está bem no começo um trecho de que gosto muito... bem no finalzinho da página 13 para a 14: 'Se antes, mergulhado em mundo grande, vasto, encontrava-se à deriva, à mercê do outro e das forças divinas da dissolução [...] agora tornava-se agente, escolhia seu mundo'. A queda, a sucção para o buraco dá ao personagem a chance de um segundo nascimento. O corpo desabitado é a angústia. Ele grita no poço. Pede um engancho, um encaixe, um contágio de humanidade para nascer como humano. Reclama a hospitalidade e a ressonância. Ninguém nasce por um gesto autofundatório. É necessário um contágio. Em *Auréola*, Renato escreve que no primeiro nascimento não houve tal encaixe: 'Sem ser autista, ele apenas fingira esse encaixe. Laços frágeis apenas para que lhe deixassem em paz. Permaneceu, por dentro, massa amorfa, tudo por fazer. Por intuição, ou por medo, ou por bravura, recusou a fôrma, o contágio, para além do verniz da pele: sua primeira invenção foi uma máscara. Quem era, dentro da camuflagem? Nada'. Página 18. A queda recolocava-o no marco zero. Ele pode agora nascer e testemunhar seu próprio nascimento. Chega 'de fascínio pelo abismo, pelos precipícios. Neles não havia nada. O mundo é grande', diz o Renato na página 21. Há muitas coisas nele. O mundo, essa construção humana, nos protege da vida. Pois 'essa nossa vida, pura vertigem, só tem sentido, só é domada, com defesas bem colocadas, com anteparos. A vida só tem sentido com as coisas que colocamos nela; filhos, projetos, netos'. Página 23. Aquilo que Renato acolhe como o ditado do seu nascimento é o abandono do self negativo. A troca da ex-posição pelo estar contido. Os moradores do clarão entram e saem virgens, pois é o não fundamental que garante a suspensão poética. Quero ler um trecho maior; aqui, escreve o Renato: 'Pois, pois sim, o esvaziamento foi a palavra de ordem daquela primeira metade da vida, que se finda, de morte morrida, bem morrida, matada, suicidada. O esvaziamento do eu, o desconectar do desejo;

desamarrando-o solto, flutuando sem se fixar em nenhum objeto, deslizante. Como uma folha é arrancada de uma árvore, com a coluna vertebral partida, ele doou-se ao vento; demovido. Ah, sim, houve doçuras durante todo esse momento; anos, décadas quase. Houve doçuras em apenas observar, surfando sobre as ondas, distante de todo e qualquer sofrimento, pois o que o mundo tinha a ver com ele? Nada. Já que pertencia alhures. Sem projeto nenhum, em puro delírio; euforia de luz. E haja luz; a vida era pura luminosidade, transparência. Leveza. Sim, havia sido belo esse longo momento; e de repente se findou, com súbita queda. Pássaro abatido. Penhasco em pleno ar. O risco. Agora, nascia. Era preciso'. Página 50 do *Auréola*. Nascer é adentrar em câmaras de ressonância, reconhecimentos e participação. É preciso que o contágio aconteça. O contágio produtivo é aquele em que sou visitado e ocupado por inspiradores que concordam intimamente comigo. Quando o contágio é uma penetração benéfica, há uma animação. Sou tomado e abalado por algo coincidente. Quando o doador acerta o alvo, nasce um alguém, uma alma, um sujeito. Quando há uma intoxicação por desajuste de dádiva, o polo visitado não pode encorpar o presente, torná-lo seu. Em vez de crescer, ele resfria. A fábrica do eu é uma dança alquímica maravilhosa. Ela é feita de alianças ressoantes, invasões, imbricações e visitações extáticas. Não somos órfãos. Somos preenchidos de acompanhantes. Nascemos para o interior do mundo como camaleões coloridos porque podemos criar o que encontramos."

Frederico ainda queria falar mais. Ele queria mostrar ao Renato que admirava e conhecia o seu trabalho, que tinha lido e relido tantas vezes, mas a professora da UFRJ tinha chegado. Ela era vaidosa e queria logo se livrar daquele orador para ganhar o microfone e o holofote. Frederico saiu de cena e sentou-se na mesa do Renato. Eles confraternizaram e o palestrante indiscreto chegou a tomar uma caipirinha apesar da dor de cabeça da sinusite. Frederico tinha pólipos por todas as vias aéreas superiores. Os pólipos fechavam tudo, acolhiam apenas as reinfecções bacterianas e os fungos. O paciente já não reagia aos antibióticos. Teria de ser operado. Era isso que Frederico repetia a todos e ao Renato.

Lá pela uma hora da madrugada, Frederico hospedou-se num hotel de Botafogo. Tomou um banho e abriu uma lata de coca-cola do frigobar do quarto. Deitou-se na cama e, estranhamente, apesar do seu desprezo pelo guru e pela poesia, uma brisa de inspiração trouxe até ele um poema pronto. Frederico apenas transcreveu o que foi ditado pela noite alta.

As matilhas que me cortam não se cruzam
Sou uma ode das carnificinas
Os rios que me atravessam não se misturam
Sou o ninho das rasgaduras
Os seres que me povoam não se suportam
Sou a oração de evitar a faca

Antes de adormecer, Frederico pensou na sua mulher e ficou entristecido. Ele queria estar à altura da oferta amorosa dela, mas sabia-se pobre para o idioma íntimo. Ele era o filho de um casal morto e sua sexualidade só tinha se mantido viva em encontros clandestinos e definhava na intimidade. Quando o amor era uma revelação, Frederico fazia a ronda exaltada em torno do outro até acessar-lhe a camada última, o alfa e o ômega ou o "O" bioniano. Mas quando a casa da intimidade se avolumava, ele perdia o pau e virava irmão. Pode-se dizer que seu pênis não era para uso cotidiano mas para ocasiões especiais. Além disso, desde o infarto, Frederico tinha ficado impotente. Não sabia se isso acontecia por causa dos remédios ou dos stents. Não podia também tomar viagra e congêneres porque lhe causavam sinusite e verdadeiras ereções nasais. Além disso, Frederico vivia doente. Era insuportável conviver com ele nos períodos de desespero. Ele responsabilizava o guru e sua pasmaceira mística pelo seu fracasso profissional e por ter que guiar para ganhar dinheiro.

"Você sabe, Verônica, se não fosse aquele filho da puta do guru eu teria um lugar decente para dar aula. Eu seria um intelectual respeitado e não este párea mendicante. A estupidez da mística consiste em dizer que não há diferença alguma nas diferenciações mundanas. Tanto faz você morrer cedo ou tarde, pobre ou rico, nada disso importa. Importa o clarão ou a noite oceânica, a rememoração da piscina aminiótica onde as diferenças não contam. É loucura: você bate na porta de um consultório para robustecer o eu e enfrentar a dura escola da vida e sai de lá frágil e sem armadura acreditando que o Gilberto Gil estará todo de branco na sala do doutorado para te dar um abraço uterino. Tudo são flores, Verônica. Como escreveu o Sloter no *Pós-Deus*, 'os místicos são informantes contra-heroicos do ser humano. Eles não são cúmplices da afirmação do eu na realidade da arena'. Mas nós estamos aí, jogados na arena. Eu preciso de armaduras e de um nariz romano bem empinado, Verônica. E o que me tornei? Um hipão relaxado, um acendedor de fogueiras em Mauá. Eu não me incomodaria de dar comida no bico de um beija-flor, mas eu precisava de um lugar para isso. Você sabe quanto custa para fundar uma comunidade anarquista no Uruguai? Pois é, eu já vi. Pelo menos um milhão de dólares. Bem que o Kazuo me dizia que eu ia me foder. 'Você precisa tirar o título, Frederico. Tira logo essa merda ou saia caminhando sem rumo.'

"Eu devia ter escutado o Kazuo, Verônica. Ele conhecia a dureza da arena e a necessidade da armadura. Por isso, ele só se abriu para o grande clarão, para a manifestação da coisa como uma dádiva do oculto, quando já tinha o pé-de-meia garantido. Mas eu só escutava o guru. Meu ouvido seletivo mergulhava no canto da sereia. Ela me dizia: 'Você existe na abertura da amizade. É vazio como música'. Se dependesse da sereia, eu teria trocado o táxi sufi pelo ônibus do amor. O ônibus que levasse as pessoas ao endereço próprio. Quem dirige esse tipo de ônibus está inclusive autorizado a comer todo mundo. Para que provar só do abacaxi e da maçã se é possível conhecer o fruteiro todo? Ele nunca me ensinou a construir armaduras e fechar presilhas. Só falava de cavar aberturas e de aprofundar o coração faminto. 'Torne-se o vazio inesgotável que já é.' A sereia era praticamente um personagem do Dostoiévski: em vez de me conduzir por tecnologias de subjetivação, ela me dava as mãos para o egocídio, o suicídio do eu. Você se lembra da epígrafe dos *Irmãos Karamazov*? 'Em verdade, em verdade vos digo: se o grão de trigo, caindo na terra, não morrer, fica ele só; mas se morrer, produz muito fruto.' Acho que é João 12,24, mas isso não importa. O que conta é que por toda parte havia cristianismo e botecos de corações suplicantes e confissões intermináveis.

"Eu já te disse mil vezes que no início a sereia cantou na direção da minha vinda e eu cheguei e me apresentei. Mas depois, ao invés de interromper o canto benévolo, o canto de impulso e de antecipação, a sereia o aprofundou e ele se tornou mortífero. Cantava como se tudo já estivesse realizado: o jogador já havia marcado mil gols e o candidato a escritor já tinha ganhado o Nobel. Um canto assim paralisa o devir e joga o viajante nos rochedos da morte. Eu virei um flácido, um verdadeiro bunda-mole."

Frederico reconstruía seus monólogos com Verônica quando adormeceu. No dia seguinte, às dez e meia, o Renato Rezende passou para buscá-lo. Tomaram café juntos e foram a uma exposição. Renato amava muito as artes plásticas, enquanto Frederico sentia-se cego para elas. Ao adentrar o recinto cheio de telas e de estranhos objetos artísticos, Frederico afastou-se do Renato e acabou entrando num pequeno auditório onde acontecia uma palestra. Sentou-se na última fila com o pacote do Kazuo no colo. Lá na frente, sobre um tablado, estava um homem meio arruivado, aparentemente um escritor, que discorria sobre seu próprio trabalho em conexão com o de um artista plástico. Era estranho. Parecia que o escritor estava empenhado numa espécie de autodestruição em público. Para isso, ele comparava as máquinas angelicais do artista — seus imensos iogues levitantes transfigurados pela leveza — com a sua escrita, grave e pesada, retirada de um corpo doente e frágil.

Frederico tentava ler o nome do autor numa plaquinha sobre o púlpito, mas não conseguia enxergar. O motivo central parecia ser a diferença entre peso e leveza. O escritor era pesado: ele havia feito do real e da vocação todo seu percurso por uma escrita de si e por uma filosofia existencial. Mas o engraçado, disse ele, é que essa escrita de si não tinha nem o si, pois o sofrimento, em sua grandeza devastadora, havia destruído o próprio si e, por isso, a palavra florescia com um vigor exuberante. Mas ele estava desconfiado, jamais havia questionado e desconstruído a tomada de partido pela autoridade da ferida e a autoexposição do vazio de si. Ele se sentia, disse, uma espécie de descabelado de bordéis escuros de Petersburgo, um frequentador das regiões em que a palavra estala sem freio em rascunho de sangue, mas agora estava convencido de que o grande vazio da palavra atravessada pelo real não passava de um meta-narcisismo transcendental. Era o caso dele, pois a sua superioridade ontológica e a sua diferença ética em relação aos demais o haviam afastado tanto das boas casas editoriais quanto dos eventos literários que exigem o comportamento de boca miúda e de negociação democrática. Como a boca do vazio, a traqueia reveladora de tudo que passava pela frente poderia negociar?, perguntou ele.

Frederico, que estava prestes a abrir o pacote do Kazuo, começou a ficar inquieto e a se mexer na cadeira. Vocação, real, atravessado? Aquilo tudo era muito familiar. Passou a achar que o escritor devia ser uma cria do guru ou de alguma franquia do sagrado. Enquanto tirava o sapato para coçar a sola do pé direito, Frederico ouviu o escritor dizer que havia assumido o acontecimento e assinado embaixo dele, enquanto o artista plástico tinha apagado a assinatura e migrado para experiências mais interessantes, subtraídas ao peso do real. Mas, perguntou o escritor, o que dizer da arte em geral e da literatura em particular após as duas guerras mundiais, Auschwitz e Hiroshima? Haveria uma literatura leve? Como pensar o abandono progressivo do "como se" da ficção em nome do testemunho do traumático? Ou da escrita, cuja marca principal é a fidelidade ao acontecimento incontornável? Restaria alguma coisa da literatura após a redação de uma crítica da razão trágica?, perguntou o escritor. Quando penso em meu próprio trabalho, disse ele, noto que ele está vinculado ao fascínio pelo real e ao fetiche da singularidade. Nele, frisou o autor, alguém não visto apresenta suas sequelas e credenciais de destroços. Exibe-os como no circo, buscando visibilidade e afetação. O rombo psíquico se converte em visita do real e, num passe de mágica, migra-se de verbete da psicopatologia para poeta sem apoio com dignidade ontológica. Mas vejam, dizia o escritor para o público, vejam que essa operação depende da própria autoexposição. Àquela altura, Frederico notou que o autor coçava os olhos sem parar e tinha o nariz entupido. Sem dúvida ele devia estar gripado e com conjuntivite. Em seguida, tentando retomar a sequência da exposição, Frederico ouviu o escritor dizer que enquanto ele havia se tornado visível através de seus livros, o artista plástico, ao contrário, tinha se tornado invisível com os seus objetos suspensos.

Após tomar um gole d'água, o escritor prosseguiu dizendo que quem escreve a partir do extremo e da situação-limite se dirige ao leitor como a alguém que esqueceu algo essencial. O artista proclamador, disse ele, supõe estar banhado em algum elemento que aquele que o lê recalcou ou suprimiu. Reivindica assim a comoção do negativo, a iminência da morte e a memória do ser contra a dispersão, a leveza e os projetos. "Com a goela molhada no abismo, senhoras e senhores, com a goela molhada no abismo e na dessubjetivação, sorri daquele que quer abrir novas possibilidades e janelas de opção ôntica. Enquanto o agente da leveza busca alargar o possível, o artista da gravidade aguarda o tombo e a queda, pois julga já ter compreendido que toda possiblidade se funda no impossível."

O escritor prosseguia sua fala. O Renato chegou e sentou-se ao lado de Frederico.

"Você conhece esse cara?"

"Conheço, sim. Ele é meu amigo. Não sabia que ele estaria aqui. É o Juliano Garcia Pessanha, um esquizão gentil. Publicou recentemente um livro chamado *Recusa do não-lugar*. Ele está querendo abandonar a hermenêutica dos extremos e o ponto de vista dos eleitos. Depois eu te apresento para ele. Mergulhou no Sloterdijk para curar-se do Heidegger, uma verdadeira troca de chefia."

"Você sabe se ele fez análise lá em São Paulo? Eu já tinha ouvido falar dele, mas nunca o li."

"Ele fez, sim, mas não me lembro com quem."

Na sequência da fala, parece que o palestrante avançou no percurso da autodestruição, pois disse que seus livros de escrita de si eram graves e acusatórios: "Eles seguem o legado da marca Auschwitz, embora todo sofrimento ali formalizado tenha se desdobrado no interior de condições leves, amparado por serviços de saúde, assistência psiquiátrica e mães substitutas em clínicas de psicanálise relacional. Hoje penso como é ridículo ter reivindicado a marca Auschwitz para os tipos de sofrimento que vivi. Na verdade, eu não teria resistido seis meses em épocas duras, enquanto em tempos assistenciais e terapêuticos durei muitos anos e ainda pude converter minha pequena dor em mercadoria literária. Quem nasce em condições de leveza sonha depois de Freud, fratura o joelho depois da ressonância magnética e visita povos indígenas depois de antropólogos terem explicado as regras de cada cultura e a ontologia praticada em cada tribo. Nascido em condições de leveza, a explicação da maternidade e da antropogênese por Donald Winnicott possibilitou-me a presença de uma segunda mãe, cujo mecenato substitutivo me presenteou com uma pequena forma humana. Meu destino é inteiramente moderno. Ali onde meus antecessores morreram do coração, ganhei uma safena e uma mamária, e ali onde me legaram as grandes ansiedades psicóticas, ganhei uma mãe enformada cientificamente. Isso sem contar as mais de duzentas infecções e seis ou sete cirurgias. Não há como negar, amigos, não há como negar que vivi em condições leves e fui beneficiário de capital acumulado, tendo vivido do trabalho alheio até os quarenta anos. E, mesmo assim, forjei meu idioma em autores pesados e sofredores de primeira ordem e sempre me senti um excluído. Mais do que isso, desenvolvi uma semântica negativadora da leveza e de suas facilitações. E a verdade é que hoje me envergonho desse 'não' que cultivei em relação ao mundo".

A falação seguia. O escritor explicava a leveza, mas a questão, para Frederico, era saber se a singularidade do Juliano havia sido cozinhada na mesma redoma que a sua. Não havia quase diferença. As singularidades coincidiam inclusive na revolta contra o singular. Frederico acreditava que aquele escritor, o Juliano Pessanha, tinha sido fabricado pelo guru ou nalguma sucursal do mestre. Era preciso esperar a palestra terminar para certificar-se.

A palestra já se aproximava do fim. Frederico tinha perdido todo o começo e a parte referente à obra do artista plástico. Algumas pessoas do auditório já bocejavam e se espreguiçavam, apesar do caráter performático da apresentação do escritor. A pior coisa para um artista desse tipo de linhagem, pensou Frederico, é confrontar-se com a indiferença do público. Certos escritores querem conversão e metanoia, falam do alto do púlpito a fim de deslocar as pessoas, mas a plateia é frívola e quer apenas um divertimento para antes do almoço ou do jantar. Você escreve um livro suando de ansiedade e o leitor te leva para a espreguiçadeira da praia ou para os intervalos do trabalho. Frederico ruminava essas ideias quando levou um choque ao notar que a dona das belas pernas na fila oposta à sua era a antiga terapeuta da qual ele tinha fugido. Ela estava linda como de costume e o mais intrigante é que anotava alguma coisa num bloquinho. Frederico desejou ser uma mosca pra olhar o conteúdo de suas anotações, mas encolheu-se no banco com vergonha de que ela o visse ali. Ele tinha fugido daquele consultório pois, recém-saído do guru, ela era uma inundação de realidade e Frederico ficava com torcicolo para não olhar para as pernas e os pés da doutora Laura. Agora estava difícil prestar atenção na conferência com ela ali tão próxima, a menos de vinte metros dele. Lembrou-se da segunda sessão com a analista: tinha saído trêmulo e notara que todo o seu mundo, o conto de fadas costurado com o guru, podia se estilhaçar num piscar de olhos. Invadido pela memória das falas de Laura, Frederico afundou-se no assento e manteve o pescoço ereto, como aprendera a fazer para tentar apanhar as derradeiras sentenças da palestra.

O escritor se mexia e tinha muitos tiques; fisionômicos e discursivos. Parecia alguém sempre à beira de perder a imersão no sentido e nas palavras e ser jogado para a exterioridade do barulho e da bizarrice dos sons. Agora ele coçava os olhos e dizia que a engenharia polida das obras do artista haviam humilhado seus pressupostos existencialistas e confessionais. Disse sentir vergonha de seus livros não passarem de tautologias do corpo, e que eram risíveis as facilidades da palavra visceral. "Ah, o eu profundo, os outros eus e o não-eu, não é tudo isso uma retórica ajoelhada de confessionário? Não é cristão, meus amigos, não é cristão o amor pela ferida e pela singularidade? Não é o pecador quem sai falando sem parar? A ferida desata o dizer e tudo é confessado. E a singularidade, senhoras e senhores; espera-se dela grandes girassóis, mas, na maior parte das vezes, não pipoca sequer um dente-de-leão. Milhares de psicanalistas enaltecendo a singularidade e nenhum artista. Apenas papagaios repetindo chavões, mas nenhum ex-analisante para se confrontar com a grandeza de Thomas Mann e as doenças de Thomas Bernhard. Ah, meus queridos, seria necessária uma reforma séria na província da cultura. Uma injeção de ânimo e de orgulho, uma vontade de superar o artista precedente."

Naquela altura o Renato levantou-se para pegar um café: "Eu já conheço as ideias do Juliano", disse. Frederico estava hiperansioso. Queria fazer uma pergunta ao escritor, esquivar-se da psicanalista e correr para São Paulo, pois tinha uma corrida para o aeroporto às 23h30. Tinha também o pacote do Kazuo. Queria abri-lo com a solenidade merecida. Além disso tudo, estava muito preocupado com a Verônica. Um pressentimento ruim não se desmanchava desde cedo e começou a formar um nó na sua garganta. Suas últimas mensagens para ela não tinham sido respondidas. Quando Renato retornou com dois copinhos de café, o escritor estava para concluir sua preleção.

"Senhoras e senhores, o que dizer então da glorificação do desamparo e da nudez real? Não são estereótipos filosóficos de um século cheio de ressaca diante de empreendimentos falidos? Vejam o meu próprio caso, vejam se não é grotesco o caso de alguém que, julgando-se singular e único, não passava, na verdade, de uma marionete epocal de religiões modernas e rebeldia parisiense." O escritor tomou outro gole d'água, assoou o nariz num lenço de papel e prosseguiu assinalando que o hiperartesanato, o construtivismo presente na obra do artista plástico, havia desferido um golpe fatal naquele que discorria sobre arte e vida e fazia do denuncismo de uma suposta alienação universal a sua marca registrada. Ele havia percebido, sem dúvida tarde demais, como é patético proclamar-se melhor que os outros quando de fato não se é, e taxar os homens inseridos de vítimas inconscientes de grandes processos, como o esquecimento do ser e a submissão ao capital. Não é o crítico, na verdade, um ladrão do mundo do outro?, perguntou ele. Acrescentou ainda que a singularidade não era um presente ontológico, mas o que contava era a construção de si, o exercício e a disciplina. Isso sim importava, disse ele. E não o romantismo espontaneísta da experiência, no qual cada um se crê um pequeno deus expressivo, concluiu.

Quando terminou de falar, muitos aplaudiram o autor e se dirigiram até o tablado onde ele estava. Faziam perguntas e trocavam cumprimentos. Frederico ficou sentado, conversando com o Renato, e espantou-se ao testemunhar um abraço longo e caloroso trocado entre o palestrante e a Laura. De fato chamava a atenção o grau de intimidade entre os dois. Foi só quando a psicanalista deixou o auditório que Frederico e Renato foram ao encontro do escritor.

Renato apresentou Frederico para Juliano. Disse que estava de saída para um compromisso e se foi. Os dois trocavam algumas palavras quando Juliano comentou que precisava de um táxi para ir até a rodoviária.

"Para onde você vai?", perguntou Frederico.

"Estou indo para uma pousada em Penedo, para terminar um livro."

"Vou passar por lá. Posso te dar uma carona, se quiser. Estou voltando para São Paulo."

No caminho até Penedo os dois puderam conversar mais. Juliano espantou-se quando soube que Frederico guiava uber e ficou insistindo para pagar a corrida, mas o chofer negou e disse que tinha ficado chocado com a palestra.

"Eu tinha caído ali de paraquedas e você terminou de humilhar minha singularidade. Percebi que há todo um clube de pessoas com a mesma singularidade, não é? Eu fiquei curioso para saber se você foi paciente do Sebastião Nissa."

"Mas que coincidência, de fato eu procurei o Sebastião, mas ele estava sem horário e me encaminhou para um cara que tinha feito doutorado com ele. De todo modo, nos encontramos umas três vezes. Disse-me que era e não era um islâmico sufi e que era e não era um místico cristão. Achei engraçado o jeito oracular da fala, mas mesmo assim eu teria ficado. Lembro dele me dizer que minha ferida era minha riqueza. Ali onde somos mais frágeis está o tesouro da singularidade, disse. O cara que me atendeu era uma cópia mais apagada do Sebastião, mas mesmo assim acabei embriagado de singularidade do mesmo jeito. Essa embriaguez foi me tornando relaxado e bonachão. Acabei publicando livros muito ruins, desprovidos de exigência e de combate para elevar-me. O terapeuta me deu os diários do Gombrowicz para ler e, desde então, caí nesta arapuca do narcisismo transcendental da escrita de si. Com os hinos de louvor a mim entoados pelo camarada, mais os diários do Witold Gombrowicz e da Marina Tsvetáieva, eu me senti o próprio vazio falante. Sorte que naquela época ainda não tinha o desgraçado do Knausgård. Pois é. E você sabe quem me tirou deste mimimi da escrita umbilical que ataquei na minha palestra? Uma mulher que estava lá. Eu a conheci num grupo de estudos de Kafka e ela me disse duas ou três coisas que me arrebataram da fuga do mundo. Um dia eu a deixei em casa e ela me perguntou se eu queria ser um eterno menino ou um homem de verdade. Se eu queria a mágica ou o trabalho."

Frederico estava espantado com as revelações. Sentia-se diante de um duplo com mais sorte. Alguém que tinha despertado mais rápido do sono dogmático. O Juliano parecia um alterego ou alguém que tinha vivido as mesmas coisas num universo paralelo. Parecia algum experimento quântico do tipo "você está aqui e está ali também, só que com algumas diferenças". Até a Laura eles tinham partilhado. Enquanto Juliano tinha entrado no mundo efetivo com a ajuda dos olhos e do chamado de Laura, Frederico tinha fugido dela e só cruzara o umbral para a realidade compartilhada muito depois, na luta contra o rato.

Nesta altura da estrada, já perto da cidade de Resende, Frederico olhou para o Juliano e achou que a conjuntivite no olho dele era sua também. Sentia-se meio literário, como se fosse um personagem de uma história de duplos do Dostoiévski. Só a sinusite latejando a testa e o medo de que houvesse acontecido alguma coisa com a Verônica traziam-no de volta a si, tiravam-no daquela estranha sensação de ser um ente ficcional, uma criatura sonhada por algum fabulador extravagante. O Juliano continuava falando, dizia que a palestra carioca nem sequer tocava na decepção sentida por ter praticado uma escrita de si. "Sabe", disse ele, "na verdade eu não suporto mais escrever. É muito cansativo e eu já esgotei minha singularidade. Não tenho mais o que dizer. Preciso ficar caçando temas por aí. Ou estou encorpando volumes filosóficos para escrever ou gravando a história de algum garimpeiro assassino. E tudo isso para manter uma atividade falida. Pensa bem. O Brasil tem duzentos milhões de pessoas. Se tiver três mil leitores, é muito. Tem muito menos gente que na subcultura do skate de uma cidade do tamanho de Ribeirão Preto. Quantos surfistas tem no Rio? Eu estou exausto de roubar assunto e ligar microfone."

Ao escutar aquilo Frederico teve uma ideia: "Está vendo o porta-luvas com a foto do Dilthey? Abre ele. Aí no meu celular gravei quatro áudios de meia hora sobre a minha terapia com o Sebastião Nissa. Tem muitos detalhes e você pode roubar o que quiser. Eu não gosto de escrever. Acho que você vai aproveitar e verá que temos muitas afinidades. Você pode florear, filosofar e falsificar à vontade. Eu te mando já, quando chegarmos na pousada". O Juliano agradeceu: "Beleza, meu camarada. A história do garimpeiro assassino estava indo de mal a pior. Vou tentar extrair mais coisa da tua experiência. Eu me movimento bem nos repertórios do Nissa. Te agradeço desde já e mantemos contato caso eu deseje esclarecer alguns pontos".

Os dois ainda tinham muito a dizer um ao outro, mas já estavam no município de Penedo. Frederico disse que certa vez esteve ali por quinze dias, numa clínica de desintoxicação. O escritor pediu detalhes e Frederico contou que, numa crise após o fim de um namoro, foi tentar se curar na casa de um casal amigo em Londres. Eles eram diplomatas, mas muito contidos e caseiros. "Eu andava bebendo demais e eles tinham medo que eu saísse para os *pubs*. Então fiquei trancado. Assistia a desenhos animados na TV com uma das filhas do casal; de noite lia romances deitado na cama. Li duas vezes o *Árvores abatidas* do Thomas Bernhard. Eu já estava lá há mais de quinze dias quando consegui ir ao mercadinho. Comprei escondido uma garrafa de uísque. Na quarta dose, achei que devia sair para conhecer a Inglaterra. Pulei o muro e parei o primeiro táxi que passou. Aliás, você verá nas minhas gravações que minha vida está repleta de táxis. Pedi ao velhinho de nariz vermelho: '*Take me to the worst place in London*'. Ele guiou por meia hora e me deixou num lugar barra-pesada. Muitos vendedores de heroína e prostitutas de todas as cores. Eu me dirigi a uma dessas mulheres. Minha intenção era conversar em inglês sem medo de falar errado. Eu tinha cem libras no bolso. A moça me atraiu para uma espécie de bar e, lá no fundo, fui devidamente assaltado e espancado por quatro caras. Circulei algum tempo dentro de um carro da polícia londrina. Disse a eles que não era necessário reconhecer os criminosos; eu não passava de um idiota bêbado. Eles seguiram meu conselho e me largaram perto de um telefone público. Ainda não existiam celulares. Como fiquei com medo de ligar para o casal amigo, telefonei para uma prima que morava na cidade e trabalhava como garçonete. Ela disse: 'Nossa, Frederico, mas onde você está?'. Deixei o telefone pendurado e li o nome da rua numa placa. Quando disse o nome para minha prima, ela falou: 'Mas, Fred, você está no pior lugar de Londres'. O resultado dessa aventura é que meu amigo me mandou de volta ao Brasil no primeiro avião. Vomitei a viagem toda e ao chegar em Viracopos minha mãe me levou direto para uma clínica em Itapira. Veja só. Após dez dias nessa clínica, minha mãe reapareceu e me deixou hospedado aqui em Penedo. Foram mais quinze dias numa casa para alcoólatras." Eles tinham chegado. Frederico despediu-se do Juliano e passou-lhe os áudios.

6.
Dois eventos II

Sozinho no carro, antes de pegar a estrada, Frederico verificou que não havia nenhuma resposta das mensagens para Verônica. O pressentimento de um abandono e aquela sinusite cronificada jogavam-no no abismo. Ele tinha passado a vida na linha de ruptura e, mesmo agora, aos sessenta, quando pensava em aprumar e seguir por uma rota de estabilidade, vinha aquela doença e aquela atmosfera de separação que o empurravam para o desfiladeiro. Frederico se desfazia na angústia. De novo tomado pela linha de sombra. Será que o guru tinha razão e Frederico era mesmo o eterno visitado pela velha? Ele punha a cabeça para fora do carro e urrava. Sua vida era um corte e uma suspensão. A repetição do fio da navalha. Parecia que ele estava para desmoronar no não-lugar quando algo inusitado aconteceu. Avistou um outro cãozinho preto, só que amarrado num poste com uma coleira cor-de-rosa. Os caminhões passavam raspando e soltavam nuvens de fuligem, mas desta vez Frederico parou no acostamento e desamarrou o cão. Era o perímetro urbano de Taubaté. Viu que era uma cadela meio border, meio vira-lata. Alguém a tinha abandonado ali. Ela entrou no banco de trás junto com Frederico. O coração dos dois estava disparado. Frederico lembrou-se de que amava os cães, que eles embelezavam a terra. Se um dia tinha agido para matar um rato, agora o seu resgate era um salvamento. Não há o que esperar, é preciso agir. Adentrar o mundo é ocupá-lo com gestos. Frederico acalmou a cachorra e deu-lhe água. Notou que ela estava maltratada. Tinha uma ferida na orelha e muito tártaro nos dentes. Enquanto agradava o cão, abriu o pacote do Kazuo. Ali estavam o exemplar do curso *Heráclito*, do Heidegger, lido e relido pelo menos umas quatro vezes, e um livro do Dilthey sobre Goethe. Ao abrir o livro e virar as páginas, Frederico encontrou um envelope com sete mil euros. O Kazuo tinha deixado uma parcela de bolsa-existência para o Frederico poder avançar no Dilthey. Ele podia encomendar da Alemanha suas obras completas e trabalhar menos durante um tempo.

Ao chegar em casa Frederico desmarcou a corrida que faria para Cumbica. Suas previsões tinham se confirmado. Verônica tinha ido embora e a carta sobre a mesa dizia:

"Você não sabe reconhecer a minha parte na sua luta para dizer 'estou aqui'. Você segue repetindo a cantilena da fraude e do desencontro e culpando o seu guru pelo afastamento do mundo. Continua imerso na solidão das hipocondrias. Você se tornou um eunuco obcecado pelo Dilthey, um aluno oprimido do táxi e do uber. Sua vida não tem alegria. Você não conseguiu migrar da posição do filho do casal morto, como você mesmo diz, para a do casal vivo. No fundo você continua um espírito de negação. Diz que mudou, que virou um camaleão colorido no arco-íris do mundo, mas eu desconfio que você é o mesmo garoto desamparado do início. Você teima em tirar o corpo fora. Há anos que te digo para procurar um médico que examine a sua impotência. Não é possível que todo cardiopata vire um brocha ou um coelho ansioso. Eu sempre soube que não podia esperar muito de alguém que passou mais de dez anos estudando o *Ser e tempo* do Heidegger. Não há ali sequer um existencial para o amor e a confiança. Não há ali gesto de cuidado comparável ao de remeter o outro para a estranheza. O que esperar de alguém que deglutiu essas coisas a vida inteira e que passou quase vinte anos no consultório de um padreco? Eu te convidei para viver, mas você não tem braços para abraçar uma mulher. Continua um moribundo contumaz. Basta testemunhar o seu esforço em levantar da cama toda manhã para adivinhar o gnóstico que sente o mundo como o vômito de um demiurgo enlouquecido. Você diz que substituiu o negativo pelo positivo, mas na verdade segue sendo o típico melancólico na colheita de provas contra o mundo. Você não se curou da paixão pelo negativo. Eu cheguei a te amar, Frederico, mas não pretendo virar uma enfermeira. Enjoei. Vou embora. Tomei um verdadeiro fartão. E tem mais: você vive reclamando da falta de dinheiro e converte nossos ganhos em número de pastéis, mas se recusa a vender a casa que herdou de sua mãe. Ela é grande demais e dá muitas despesas. Adeus, Frederico. Acorde."

Frederico concordava com a maioria das acusações, outras pareciam-lhe injustas. Ele tinha caminhado bastante para o lado de dentro do mundo. Isso não era fraude. O próprio casamento depois dos cinquenta era uma prova disso. Ao escolher uma mulher, Frederico determinava-se. Evitava a dispersão erótica e a mania de revelação. E quanto à sua impotência, ela era um assunto médico. Dois urologistas tinham garantido que as veias estavam em ruínas. Ele não tinha culpa, ou melhor, aquele era o preço de uma juventude turbulenta e alcoolizada.

Quando um nó pela ausência da mulher começou a prender sua traqueia, Frederico deu-se conta de que não tinha direito ao desespero. Precisava cuidar de si e da vida recém-adotada. Um imenso xixi e um cocô fedido reluziam sobre o piso. Nos dias subsequentes, Frederico ficou na cama. Levantava apenas para cozinhar alguma coisa e levar a cachorrinha para passear. Num desses passeios notou que ela estava ficando cega e, por isso, talvez, o antigo dono a tivesse abandonado. Frederico gastou parte da herança do Kazuo com veterinários. Mandou mil euros para a Verônica e apesar da quantia gasta no abusivo mercado dos pets, não conseguiu evitar a cegueira da cadela.

Frederico perdeu cinco quilos. Chamou a cachorra de Luna, pois ela tinha uma mancha branca no peito em meio ao pelo preto. As patas também eram brancas. Com o passar dos dias, a ausência da mulher foi virando música: Verônica hiperpresentificava-se na ausência, como se ela, em vez de ter ido embora, tivesse mergulhado para dentro do corpo de Frederico. O amor crescia. Frederico sentia que Luna tinha pai e mãe, e esta última continuava ali presente.

7.
O concurso

Numa manhã de domingo, Frederico recebeu um whatsapp do Renato falando de uma seleção para professor de Estética numa faculdade de arquitetura em Alfenas, Minas Gerais. Era uma instituição privada e um dos donos tinha visto Frederico na livraria de Botafogo e simpatizado com ele. Segundo o Renato, havia chance de emprego e de ganhar até quatro mil reais por mês. Ao tomar conhecimento dessa possibilidade, Frederico tomou um banho gelado e estapeou o próprio rosto. No dia seguinte, colocou uma placa de vende-se ou aluga-se em sua casa. Fez a mala e foi com a Luna para Alfenas. A casa seria sua aposentadoria. Estava avaliada em um milhão de reais. Quatrocentos mil eram da sua ex, que, agora, na ausência, ocupava o posto de mulher amada.

Frederico seguiu para Alfenas. Virava-se de tempo em tempo para agradar a cadelinha. Ela adorava o balanço do veículo na rodovia e colocava o focinho na janela como se ainda enxergasse. Seu dono estava com olheiras imensas e um pouco febril, mas isso já não o abatia. Levava duas malas, uma de roupas e a outra com livros de Estética para o concurso. Pararam em Águas da Prata e a cachorrinha fez xixi debaixo de um roseiral. Ela gostava de caminhar se entrelaçando nas pernas de Frederico como uma forma de guiar-se. Na cabeça dele, a Verônica estava presente e a Luna, duplamente assistida.

De fato algo havia mudado. Desde que a cachorrinha chegou e a mulher se tornou eterna em sua companhia, Frederico ficou mais calmo e a dor de cabeça já não o levava ao desespero. Sabia que um dia iria melhorar. Uma confiança diferente surgia de algum lugar. Almoçaram em Águas da Prata numa lanchonete muito limpa e, depois de dividir seu segundo sanduíche com a Luna, sentaram-se à sombra de uma árvore frondosa. Frederico recapitulou em voz alta o texto *A origem da obra de arte*, do Heidegger, dirigindo-se à cachorra como se ela fosse um aluno interessado em matéria filosófica. No caminho restante para Alfenas, Frederico também tentou reconstruir a argumentação do texto *A obra de arte na era da reprodutibilidade técnica*, do Walter Benjamin, e notou que ele precisava relê-lo antes da prova. Já cansado, chegou em Alfenas e foi até a casa alugada no Airbnb com permissão para hospedar pets.

Na manhã seguinte, Frederico apresentou-se para o concurso. Havia outros sete candidatos e ele era o mais velho. Sortearam um tema para uma dissertação oral que se realizaria na manhã seguinte. Como não tinha onde deixar a Luna, a banca examinadora permitiu que Frederico aguardasse o sorteio de sua pergunta com a cachorra deitada aos seus pés. Uma senhora entregou a Frederico um papel com a seguinte questão dupla: "Faça um comentário sobre as possibilidades e os limites da estética como campo temático da filosofia e como indagação do belo e dos fenômenos artísticos. Qual o papel da negatividade nos pensadores da arte do século XX?".

Frederico ficou contente. Ele tinha familiaridade com aquelas perguntas. Bastava enrolar um pouco com Benjamin e Heidegger e depois passar para o seu próprio luto do guru e do negativo. Ao sair da sala, Frederico caminhou com a Luna até um muro ensolarado. Deu a ela um cookie especial para pets e começou a falar olhando para a cadela, mas imaginando-se numa sala tipo *Café filosófico* da TV Cultura. Após discorrer longamente sobre *A origem da obra de arte*, do Heidegger, e *A obra de arte na era da reprodutibilidade técnica*, do Benjamin, Frederico chegou ao ponto autobiográfico:

"Outro aspecto decisivo é o novo predomínio do produtivismo e dos mercados: ambos forçariam o nivelamento da arte e a sua entrada na categoria de produto cultural. Adorno e Horkheimer, já nos Estados Unidos, desenvolveriam a famosa tese da indústria cultural. A essa indústria, destinada a reproduzir a hipnose do mesmo, se oporia a arte verdadeira e sua negatividade radical; uma arte que é a antítese da sociedade dada e a denúncia da falsidade do todo. Beckett seria um exemplo dessa negatividade que delata a coisificação do humano no interior das relações capitalistas. Também para Heidegger, o poeta, a exemplo do profeta na tradição testamentária, guarda a dor de saber-se em exílio e canta este estar-longe-de-casa que é também uma espera. Neste ponto, os dois filósofos adversários não parecem distantes um do outro. Salvar a singularidade das garras do mundo administrado não é diferente de buscar um dizer que esteja fora da moldura da armação."

Frederico agradou a testa da cachorrinha. Parecia uma aluna concentratada na fala do professor, mas na verdade estava muito atenta aos petiscos que recebia entre um fluxo e outro das argumentações do orador:

"Se Adorno confiou no poder do negativo e nas manhas da dialética, Heidegger contou com a decisão de alguns poucos em favor da retração e da memória do ser. O problema é que ambas as posições foram engolidas por uma hiperpositividade que transformou a própria teoria crítica em indústria cultural e o pensamento do ser em assunto acadêmico de congressos que florescem como coelhos em cartolas. Marcuse percebeu o enfraquecimento do negativo e o inchaço do mundo, mas, àquela altura, a confiança nos contra-poderes do não já havia encantado as inteligências de Paris. A ideia heideggeriana de que o poeta é um ser da fronteira que não está inteiramente dentro do mundo e que sustenta o estranhamento e a extimidade fez fortuna na Rive Gauche, como se pode ver nos exemplos de Maurice Blanchot com seus escritores exilados do sentido que zanzam pela zona do fascínio, e nos trabalhos de Merleau--Ponty sobre arte. O pintor Paul Cézanne, descrito por Ponty, também é alguém que, para pintar o mundo em estado nascente, situa-se na dor do umbral e se desabriga na exclusão da regra cultural. Todos esses resguardados pelo negativo se desidentificam do mundo instituído para dizer o emergente e para dizer outra coisa. As filosofias da diferença na França são uma sequência dessa posição."

Frederico estava concentrado na sua exposição, mas foi obrigado a interromper o fluxo de pensamento porque a cachorra estava rosnando para um guardinha: "Cuidado, cuidado. Ela não é mansa. Assusta-se com estranhos porque é cega. Desculpe". O guardinha resmungou alguma coisa e Frederico perdeu o fio da meada. Gravou então dois longos áudios para o Juliano Pessanha. Contou da separação e do conteúdo da prova em Alfenas. Em seguida caminhou com a Luna pela rua da faculdade e parou num trailer-lanchonete. Comprou uma garrafa d'água e após tomar metade ofereceu a outra para a cadelinha fazendo uma cuia com as mãos. Sentado numa cadeira de plástico do trailer, Frederico continuou o seu treino para a exposição oral do dia seguinte:

"Num texto de Heidegger sobre Georg Trakl, se esclarece que tanto o dizer que etiqueta a mera presença de algo quanto o que exprime alguma vivência interior nem sequer tocam na essência da linguagem. O dizer só acontece quando, ao enunciar uma coisa, digo, também e ao mesmo tempo, a doação indizível dessa coisa, sua emergência. Não me atenho ao manifesto, como fez a estética tradicional, mas à manifestabilidade enquanto tal. A arte se desloca: não é mais teoria do belo, mas perplexidade diante do surgir. Essa posição que exige o egocídio a fim de deixar o canal medial desentupido para a visita da linguagem desaguou, entre os herdeiros franceses, numa romantização da psicose e num desinvestimento do mundo efetivo. Mas o tempo dos gurus extremados ficou para trás. É hora de acertar os ponteiros deste tempo novo do mundo. Sabemos que não há superação da técnica pelo poema nem um deus vindouro. Não há também revolução, e quem pratica a dialética negativa sabe que apenas confessa o seu desejo malogrado por uma possibilidade que ficou lá atrás. Já não há um partido à espera do grande dia. Os refugiados não querem ser o novo proletariado. A ideia de que havia um processo histórico emancipatório deu lugar ao presentismo do gerenciamento do planeta. Apesar disso tudo, heideggerianos e adornianos seguirão mundo afora em aviões, revisando comunicações com palavras emboloradas. Alguns gurus e terapeutas gnósticos continuarão sua súplica por uma terra outra, mas desses guichês já não se abrirá mais nenhuma cesura epocal. Na era pós-histórica, os homens do não e do contra não se diferenciam dos inseridos. Quanto aos artistas, é fácil perceber que seguirão simulando inovações e radicalismos, mas a era da fulguração exuberante já deu lugar ao redizer do dito e à hibridização transdisciplinar."

Quando Frederico terminou de falar, foi obrigado a usar uma de suas páginas de rascunho para apanhar um cocô da Luna. Em seguida foram para casa descansar. No dia seguinte ele fez a exposição oral por uma hora sem gaguejar. Ao terminar a prova, Frederico abraçou a cadelinha, que tinha ficado no pátio com um funcionário da faculdade, e enviou uma mensagem de amor para a mulher ausente. Caminhou por Alfenas até encontrar uma praça. Nesse ínterim, chegaram três mensagens no celular. Na primeira propunha-se o aluguel da casa por quatro mil reais por mês. Na segunda, Verônica dizia que estava na torcida e queria saber a resposta do concurso. Havia ainda um acréscimo importante: "Eu sei que você ficou parado mais de dez anos na alucinação de um guru, mas não continue agora se aliando apenas ao stent e ao pagamento do seguro-saúde". Na terceira mensagem, o Juliano havia escrito: "Segue aí o livro da vida do Frederico. Foram onze dias de trabalho intenso e a última noite em claro. Hibridizei, condensei e redisse seus áudios. Plagiei o Sloterdijk e a Marina Tsvetáieva. O texto do Hans Jonas sobre a gnose foi de grande valia. Dá uma olhada. Um abraço".

8.
O filósofo no porta-luvas

No dia seguinte, Frederico quis conhecer um pouco mais da cidade que poderia vir a ser o seu novo endereço. A cadela embaralhava-se entre as pernas dele. Ela indicava a direção. É bom quando ainda há caminho para uma vida percorrer e muitas coisas ficam para trás. Mesmo que seja duro e desconhecido aquilo que vem pela frente, é bom poder seguir e surpreender-se transformado pelos acontecimentos. Frederico já não era mais ele mesmo, estranhamente, ainda era. Após o equívoco de uma longa educação, era hora de saber se havia nele alguma potência para desdobrar. Quem era ele após a queda? Quem era sem o olho beato do guru? Depois de tanta fraude e sedução, só lhe restava ir adiante e encontrar as vestes mundanas, mesmo que o mundo estivesse em estado terminal, como dizia o Kazuo.

Enquanto perambulava pelas ruas de Alfenas, Frederico pensou que o que há de vergonhoso no místico é ele não ter nada para oferecer à morte. Lembrou-se então do que sonhara naquela manhã: Sebastião Nissa estava sentado bem no alto de um pinheiro natalino. Do chão, Frederico gritava para ele descer: "Venha. Vamos conversar. Eu vou te dar uns beliscões, safado!". Mas o guru seguia imóvel em díade com o divino, e quanto mais Frederico gritava, mais seu antigo mestre desaparecia do mundo.

Ao retornar para a casa alugada, Frederico fechou as malas e se prepararam para o retorno. Em seguida entraram no carro. A cachorrinha pulou para trás e lambeu sua orelha. Ele tirou o livro do Dilthey do assento e o colocou no porta-luvas. Pegou o celular e, ao abrir o arquivo enviado pelo Juliano, pensou que o ser do evento, o clarão do enigmático, cabia agora em uma história. Frederico tinha conquistado uma identidade narrativa. O texto começava assim: "Ele tinha sido um rapaz massacrado. Tudo olhava para ele e ele não olhava para nada. Era trêmulo. Tremia nos pátios da escola e no frio da casa. Os outros resolviam as equações e ele não. Um dia, um guru, um homem diferente, aproximou-se dele com voz suave...".

Agradecimentos e nota do autor

Escrevi este livro num período breve entre dezembro de 2019 e março de 2020, exatamente nos meses que antecederam a longa quarentena imposta pela Covid-19. Foi fácil arrancá-lo de dentro de mim e eu trabalhava todo dia durante duas horas. Esses mergulhos na escrita me aliviavam de uma sensação muito desagradável causada pelo efeito colateral de um medicamento. Entretanto, ao dar o livro por concluído, notei que ele tinha problemas de acabamento e que a ansiedade por o terminar casava mal com a paciência exigida para se costurar uma história, por mais breve que ela fosse. Suzete Capobianco e Regina Amaral logo apontaram umas questões que os editores Alfredo Setúbal e Leandro Sarmatz confirmaram. Em maio de 2020, retrabalhei o livro e ditei o manuscrito em encontros virtuais com Alice Fromer, que o digitou. Minha mulher, Luciana Araujo Marques, fez uma releitura geral e deu o título da obra, assim como o fez com os livros anteriores, *Testemunho transiente* e *Recusa do não-lugar*. Além das pessoas mencionadas, gostaria de agradecer meus primeiros leitores. Sem eles eu não teria calibrado os fios da narrativa nem feito acertos mais sutis. Alberto Garcia Bonanomi, Angela Maria Rocha, Belkis Trench, Celso Queiroz, Cláudia Maria de Vasconcellos, Paulo Evangelista, Renato Rezende, Rodrigo Ribeiro, Suelen Trevizan, Thiago Fernandes e Vinícius Figueiredo contribuíram com comentários importantes. Além desses todos, agradeço especialmente a Roberto Taddei e Bruno Zeni, meus amigos e colegas no Instituto Vera Cruz. Sou grato também a Contador Borges e Luiz Camillo Osorio pela preciosa interlocução.

Este romance curto dá continuidade ao velório do meu romantismo libertário e, nesse sentido, *O filósofo no porta-luvas* prossegue o trabalho de luto iniciado com o livro *Recusa do não-lugar* (Ubu, 2018). O ensaio "Sobre peso e leveza", de minha autoria, publicado no catálogo da exposição *Artur Lescher: Suspensão*, com curadoria de Camila Bechelany, realizada na Estação Pinacoteca de 23 de março a 24 de junho de 2019, deu origem ao texto que é lido pelo personagem Juliano Garcia Pessanha no capítulo "As palestras".

© Juliano Garcia Pessanha, 2021

Todos os direitos desta edição reservados à Todavia.

Grafia atualizada segundo o Acordo Ortográfico da Língua Portuguesa de 1990, que entrou em vigor no Brasil em 2009.

Esta é uma obra de ficção. Embora inspirada na vida real, qualquer semelhança com nomes, pessoas ou fatos terá sido mera coincidência.

capa e ilustração de capa
Laurindo Feliciano
composição
Manu Vasconcelos
preparação
Julia de Souza
revisão
Erika Nogueira Vieira
Tomoe Moroizumi

1ª reimpressão, 2022

Dados Internacionais de Catalogação na Publicação (CIP)

Pessanha, Juliano Garcia (1962-)
O filósofo no porta-luvas / Juliano Garcia Pessanha. — 1. ed. — São Paulo : Todavia, 2021.

ISBN 978-65-5692-187-7

1. Literatura brasileira. 2. Romance. I. Título.

CDD B869.3

Índice para catálogo sistemático:
1. Literatura brasileira: Romance B869.3

Bruna Heller — Bibliotecária — CRB 10/2348

todavia
Rua Luís Anhaia, 44
05433.020 São Paulo SP
T. 55 11. 3094 0500
www.todavialivros.com.br

fonte
Register*
papel
Pólen bold 90 g/m²
impressão
Edições Loyola